愛的泉源

【增訂新版】

蔡文甫

人生是一連串的錯誤、導正

——寫於《愛的泉源》重排三版之前

二年前，江蘇鹽城師範學院，邀請評論家、作家及教授等多位，舉行「蔡文甫創作研討會」發表論文多篇，對個人創作有許多檢討及溢美之詞，尤其是鹽城師範學院副教授李偉女士，對《愛的泉湧》作藝術探討，認為該小說「不以情節取勝，而是以獨特的敘事方式給人耳目一新之感……」

寫小說多年，也寫成了十多本長、短篇小說集，所遵守的基本原則，是寫任何時空都可能發生的人和事，沒有特別標明人物的生長背景和地理環境。

但《愛的泉源》是寫台灣南部的農村兒女。因人物有城、鄉之隔，才產生若干矛盾和衝突。

人與人相處，往往因溝通不良，發生誤會；誤會增加，雙方的感情即發生變化；再加上有心人故意挑撥、離間，後果不難想像。

書中男主角默默辛勤工作，受追求房東女兒的男士誤解，謠言四起，受居住城市的未婚妻誤會，最後不得不解除婚約；正可說明誤會和謠言的可怕。

本書寫成於四十多年前，當時的城鄉差距較大；農村生活簡樸、純真；但人們對感情尋求、名利追逐、友誼維護、正義發揚……等基本人性仍是亙古不變、與世長存的。

人生是一連串錯誤、導正、錯誤……的經驗累積而成。愛情、婚姻、事業……等成敗，都遵循這不變的軌跡前行。書中男女主角因誤會而分開，卻組合成不同的兩對因了解而結合。《愛的泉源》上演的悲喜劇，是非得失，還待高明的讀者判斷；但書中人物的心態、手段和價值判斷，卻有助於人與人之間了解增加、誤會減少。

李偉女士指出《愛的泉源》在事件處理方面有自己的獨到之處……是一種「形散而神不散」的小說模式。評論家以新的觀點評論此書，深感榮幸及愧疚，特轉載〈對映體結構形態處理技巧〉全文供廣大讀者參考，並謝謝李偉副教授的評論。

蔡文甫
民國一〇二年四月於台北市

1

王銘亮左手拎棕色旅行箱，右手拿著一張揉皺的路線圖，一面行走，一面察看附近的形勢。

不錯，過了一座水泥橋，是厚德國民小學；再向前走便見到郵政代辦所；一條斜路的交叉口，掛著「美鳳冰果店」的招牌。

他看到那排紅瓦、灰牆的房屋了。不用問，那一定是明禮村。和圖上的說明完全相符。旅行箱換到右手，加緊腳步，一口氣跑到左邊第二家，但朱紅的院門緊閉著，像拒絕他這位遠客。

旅行箱放在在門旁的水泥台階，迴轉身面對著快要下落的夕陽，輕吁了一口氣。時間雖然算得很準，但沒有料到主人不在家。如果主人很遲才回來（或是根本不回家），他只有到那冰果室去等待；但冰果室不會是通宵營業的啊！

忽然，他對自己的粗心大意感到好笑。沒有敲門，怎知道主人不在家；雖然這一排另外五戶人家的大門都敞著，但並沒有誰規定過，人在家就不能關門。

王銘亮用彎起的手指節骨敲擊，聲音很輕，輕得彷彿連他自己都聽不到聲音，屋內的人當然更聽不到了。

「橫豎已經敲了，就敲響一點吧！」他對自己說。一面用手掌猛拍門板，一面大聲喊叫：「有人在家嗎？」

院內深遠處傳出一聲女高音：「是誰啊？」

「是我。」

「你是誰？」

「我……我是……是……」王銘亮結巴了半天，沒法介紹自己。他是第一次來這兒，屋中的任何人都不會知道他的姓名，說了又有什麼用處。

幸而兩扇紅門從中間打開一條縫，露出一副掛滿問號的俏麗面龐。那是一位頭髮很長的年輕小姐，似乎已發現他是個陌生客，兩隻手臂警覺地撐抵著門板，有「一女當關」，不讓閒人進門的姿態。

她的語氣和態度都很冷、很硬。「請問你找誰？」

「這是陸……陸耀農老先生家……？」

「他是我爸爸，您找他有何貴幹？」

鄉村的人，哪有這樣對待客人的方法。已經說出底細了，還要追根究柢？夕陽照在她薔薇般的面頰上，兩隻亮晶晶的黑眼珠緊緊釘著他，一絲一毫不肯放鬆，更談不上讓他進門了。

他伸右手在胸前的袋中摸索。「這兒有他的一封信——」可是他沒有摸到信封，只抓出剛才用的路線圖。於是他把圖塞回去，又伸入褲袋。

「信在哪兒？」女孩臉上表現的疑問，比說出來的還要明顯。

又沒摸到那封介紹信。這下可慌了，沒有信怎能進門？兩手忙亂地遍尋身上的口袋，臉上顯露出的焦躁和不安，把主人嚇住了。接著就是「砰」地一聲，兩扇門已關得很緊，而且有一陣搖動鐵門的嘩啦啦響聲，他已沒有進門的機會了。

他側著耳朵聽那塑膠拖鞋的彳亍聲，向裡面深處走去，心底感到愈來愈懊惱。他知道顏興華寫的介紹信不能遺失，必須好好的保管。由衣袋放進旅行箱，再由箱中塞到口袋，那是為了進門遞信方便。記得非常清楚，怎會不見了呢？

所有口袋已摸遍，就是沒有主人所需要的那封信——這位小姐太年輕了，如果主人真的在家，情況也許大不相同。有機會詳細說明自己的來意，介紹信根本就不重要。

他背對著大門，凝望被夕陽燒紅了的半邊天，豔麗的火球一寸寸向樹叢中墜落，他焦躁覺得心田也慢慢在下沉……

在無可奈何的情況下，抱著碰碰運氣，打發無聊的心理，他彎腰打開旅行箱，就見那封信舒舒服服地躺著；看到那字跡和熟悉的信封，倏地想起：為了怕信在袋中掏來掏去遺失，才臨時塞進旅行箱內，準備到達目的地後再取出，怎會一下子就糊塗起來。

有理由再大聲敲門了。比第一次敲得更響更急，他似要發洩被阻擋在門外的氣憤。

可是那小姐的嫩嗓子只在院內叫嚷：「你是誰？」

「妳要的信找到了，快開門！」

「不要騙人，我不相信你的話。」

「妳怎麼會想到我是騙妳！」銘亮的心中氣膨脹起來。「我和妳才第一次見面哩。」

「就是第一次見面，我也曉得你是要推銷什麼農藥，或者是推銷什麼肥田粉的──我告訴你，那些東西我家都有了，統統不要！」

王銘亮不自覺地打量了自己！他真像推銷員嗎？推銷員就應該如此受到冷落嗎？這大概和他所攜帶的旅行箱有關。她認為箱中裝的是貨品，所以才處處用懷疑的目光看待他、冷落他。

要使別人相信自己的身分，就必須拿出足以使別人相信的證件來；為了要能進入大門，只有這樣做了。

「好吧！我把信先給妳看。」銘亮的右手一揚，信封已拋進院中，「妳看過信，就知道我絕不是騙妳——」

話還沒說完，身後就響起粗壯的、冷峻的男人聲音：

「你是誰？你在幹什麼？」

雖然，他自己並沒有做錯什麼，但是在大白天從門外丟信給女孩子，而且被人家當場逮住了，真是有理也說不清。

銘亮的心跳、臉燙，結結巴巴地解釋。「我……我是在……送一封信……」

「信送給誰？為什麼鬼鬼祟祟的？」

「給陸……陸先生，陸耀農……」

他們面對面站著。王銘亮已看出對方是個二十六、七歲的青年人，戴著斗笠，手裡拿著一把鋤頭，大概是從田裡工作回來。對方的臉上，表現出極端的懷疑和不友善的態度，彷彿已看到他有了不軌的行為。

幸而大門適時的打開，小姐手中拿著信封、信紙，歉疚似地點點頭：「王先生，對不起，我誤會了。請進來坐吧！」

戴斗笠的人忙用手勢阻止：「麗麗！」

「這是我哥哥振宏。」女孩接著介紹。「他是表哥興華介紹來的，是表哥的同學。」

妹妹把信紙、信封塞在哥哥手中代替說明，還大聲嚷著：「大家進來談吧！」

圍雖解了，但他沒有辦法說明，為什麼用那種方法送信，所以心中仍有說不出的彆扭感覺，悶聲低頭跟進客廳。

麗麗大概是彌補她自己剛才的「失禮」吧，表現得非常熱絡：讓座、倒茶、敬菸，忙得團團轉。可是她哥哥振宏卻冷冷地在看那封信——似乎是在研究、推敲字句，懷疑信件的真實性。

信終於看完了，振宏把兩張信紙疊好，慢慢塞進信封，再側轉臉冷冷地問客人：「王先生真的要住在這鄉下？」

「當然是真的，所以才來打擾——」

「會習慣鄉下生活嗎？」

「當然會習慣。」王銘亮似乎在說服對方，也在說服自己。「我的生活簡單，在任何環境中都能夠習慣，真謝謝你的關心。」

「可是，可是，」主人用信封側擊著手掌。「我們這兒沒有空房間出租，一定是興華弄錯了。」

銘亮嚇了一跳，緊張地重複著：「沒有空房間？」

「對啦！我們一家人勉強夠住，哪兒還有房間租給別人？」

「哥哥，是你弄錯了。」麗麗忙著糾正。「爸爸很早就跟表哥提起過……」

「妳小孩子懂得什麼？大人說話，不應該插嘴！」

「什麼？我還是小孩子！」妹妹不服氣地反駁。「你怎麼知道我不懂？姊姊以前住過的那房間，她出嫁以後，一直空在那兒。」

「好啦，好啦！妳少說點行不行？」哥哥急速搖動右手阻止。「妳去做晚飯吧，爸爸、媽媽馬上就回來了。」

麗麗嘟著嘴，連連咂動嘴唇，像仍要和哥哥辯論一番似的；但最後終於站起身走向廚房。

兩人僵坐著，無法談話。王銘亮感到渾身不自在，早知道這樣，就不會來這兒借居了。

一直到陸耀農夫婦回家才打破了這僵局。兒子把信遞給父親，彷彿已盡了自己的責任，便匆匆地走向後面去。

陸耀農看完了信，便笑呵呵地說：「歡迎，歡迎。如不嫌這兒房子小，願意住多久就住多久。」

他這才鬆了一口氣，內心像放下一塊石頭似的，「這兒環境很好，又幽靜，空氣又清新。」

「不嫌這兒髒就很好了。」

「這是哪兒的話，您太客氣了！」王銘亮誠懇地說：「以後打擾的地方多著哩，請把我當做自家人看待，不必客氣——」

話沒說完，振宏從後面走進來大嚷：「誰和你是一家人，不要往自己臉上貼金啦。今兒因為天黑了，讓你住一晚，明天請你走路……」

「胡說！」是父親的喝阻聲。「在客人面前，怎可以這樣無禮！」

「爸，你要聽我說，千萬不能把房子租給這個人住！」

「為什麼？」

「他住在這兒問題就多了。我知道，他不是一個好人——」

「你又胡說！」

「不相信我的話，將來問題就多啦！」振宏手裡揚著另外一封信，舉在半空搖晃。「我的朋友金平河要來借住，你們都不肯。真奇怪，顏興華的一封信，大家就一面倒的聽他話，我不懂是什麼道理！」

母親插嘴了。「你還有臉說哩，你有幾個朋友是可靠的？」

「我的朋友不可靠，這陌生人就可靠？」振宏手指著妹妹。「你問麗麗好了，是怎麼進門的？」

妹妹紮著藍布圍裙，一雙手連連在裙上擦抹，結巴地說：「誤會，那是誤會。」

「不管誤會不誤會，」父親堅決地下結論：「我要留王先生住下。」

愣在一旁聽他們爭執的王銘亮，正不知道如何應付這尷尬場面，現在既然主人提到自己，他連忙搶著說：「如果這兒有困難，我明天——不，我馬上就離開。這地方一定有旅館的。」

「王先生，你急什麼？」父親用右手摸自己的短髭。「我是一家之主，怎可以聽小孩子擺佈！從現在起，這事不准再提了。」

母親也打圓場。「振宏這孩子，年輕不懂事，王先生不要見怪。」

可是振宏已踅轉身軀，氣嘟嘟地跨向後面，連晚飯都沒有出來吃，直到睡覺時，也沒見他的蹤影。

家中人誰都沒有提到他，但王銘亮心中覺得有一個很大的疙瘩，像是自己做錯了什麼事；更像是一腳踏進沙坑，前後左右都被軟沙圍住，很難拔出身軀了。

2

第二天上午，王銘亮去他辦公的地點——農會報到。他是農業改良場分發到這一區來服務的。這一區三個鄉鎮的病蟲害預測，都由他負責。辦公地點離陸家不遠，難怪顏興華要介紹他住在陸耀農家。

農會總幹事陳明書，一見到他就熱烈地握著他的手：「歡迎，歡迎你這位大學生預測員。你肯到我們鄉下來工作，真是我們大家的光榮了。」

經這麼一說，他倒覺得不好意思起來。在招考「稻作病蟲害發生預測員」時，一般報考的都是農職畢業的學生，像他這樣讀完農學院參加考試的人是非常少的。但他規規矩矩考試，參加職前訓練，也按照分發地區報到，很多朋友都勸他不要「屈」就這份工作，尤其是他的未婚妻范小蕙，和小蕙的父親反對最激烈，但他仍按照原來的計畫和目標去做，難怪總幹事認為難得了。

他謙遜地笑笑。「我從學校畢業就服兵役，一點經驗都沒有，還要請總幹事多指點！」

「一句話。」總幹事的右掌拍在他肩上。「只要熱心服務、肯苦幹實幹，任何事都做得好，你盡量放心好了。」

接著他見到調往他處的預測員，把公文和工作交接清楚，正在座位上清理資料和公文時，身旁忽然響起清脆的聲音：

「王先生，忙好了沒有？」

銘亮嚇了一跳，想不到剛來這兒就有人認識他；但抬起頭就看到是麗麗。他驚奇地問：「妳怎麼來這兒？」

「你認為我不能來？」

「不……不是……」他被反問得不知如何回答。「我想不到會在這兒見到妳。」

「你想不到我在這兒上班？」

當然想不到。昨晚經振宏那麼一鬧嚷，腦子裡一直翻騰著疑問：是留在陸家，還是早日離開？根本就沒有心情來研究陸家人的生活狀況。

「那太好了，現在我們是同事了。」

「我才不敢高攀哩！」麗麗尖起嘴唇說。「你是上級機構派來的『大』員，我是農會的『小』職員，算是哪門子同事！」

麗麗的話雖有點道理，但他並不同意這說法。「何必分得那麼清楚？」銘亮認真地說。「在一塊兒工作，都是為農友服務，不是『同事』是什麼？」

「我不和你辯論了。」麗麗已轉身離去，但隨即又踅回悄悄說：「我要告訴你一句話，我哥哥對你非常不諒解，你要小心一點——」

銘亮的胸中怒火陡地上升。「他能拿我怎樣！」

「我哥哥的那些朋友，什麼事都做得出來，請你接受我的勸告，言行都要謹慎一點！」

麗麗說話時，還四處張望，怕被別人聽到似的；說完，不由他答覆，便匆匆地走開。

王銘亮本來想找個理由做藉口，搬出陸家；但現在聽了麗麗的警告，便改變了主意。他要繼續地住下去，免得讓振宏（或麗麗）認為是怕他才匆匆離開。他規規矩矩上班、工作、休息，為什麼要怕陸振宏！他們之間只是一點小誤會，他相信經過長時相處，誤會就自然冰釋了。

他在中午休息的時候，寫了一封信給父親，報告工作和生活概況。

當然，也寫了一封信給未婚妻范小蕙，說明一切順利，鄉居的樂趣無窮。

3

跨下車，市區已是滿街耀眼的燈光。

小蕙把抓在手中的鵝黃外套揚了揚：「再見！」

可是她的同學許美玲上前一步攔住她：「去哪兒？」

「回家。」

「不吃飯！」

小蕙笑了起來。「難道家裡沒有飯吃？」

背後的兩位男士也跟著擠上前來，金漚平故意表示親暱，挽著美玲的左胳膊。

「美玲當然不是這個意思。現在已到了吃飯的時間，難道還要餓著肚子回家？」

蘇榮德抹抹上唇的短髭鬚，顯出一臉不在乎的笑意。「誰敢說千金大小姐家沒有飯吃，只怕是千金大小姐吃不慣粗茶淡飯，要趕緊回家吃好的。」

「你怎麼開口就損人？」小蕙瞪他一眼，不想和他辯論，掉頭問美玲：「妳請客？」

「只要妳肯去，誰請客都無關緊要。」

於是四個人坐一輛計程車，直駛梅園飯店。

在點菜、吃飯時，蘇榮德總以主人自居。小蕙感到有點後悔，如果知道是蘇榮德請客，她就不來了。美玲和她是同學，金溫平是美玲的男朋友，姓蘇的夾在中間算是什麼呢？

美玲輕輕用手肘觸了她一下。「吃菜呀，發什麼呆？」

「我已吃得夠多、夠飽了！」

「真是大小姐的腸胃，」蘇榮德笑了起來，滿懷嘲弄的意味。「才吃了五筷子菜就飽了！」

幹麼他記得那麼清楚？小蕙心裡嘀咕著，口裡反駁道：「你數過了？」

美玲打圓場：「不要鬥嘴了，趕快吃吧。」

金溫平和蘇榮德互舉酒杯共飲。二人乾了杯，蘇榮德又把杯子倒滿敬美玲，美玲只輕輕抿了一口；但敬小蕙時，卻要小蕙乾杯。

小蕙立刻抗議：「不知道你行的是哪兒的酒令？」

「酒令是因時、因地、因人而不同。」蘇榮德在徵求金溫平的意見：「你說對不對？」

「那要看你酒令官的解釋。」金溫平仍把問題扔還給他。

「因為美玲不會喝。」蘇榮德輕飄飄地說。「而小蕙能喝，最起碼可以喝三杯——」

「妳怎麼知道？」小蕙搶著問。

「在賽酒大會中，我看妳喝過。」

小蕙覺得心底輕輕一震。那是兩三個月以前的事了，她和幾個男女同學，在爬山、划船，「瘋」了一天之後，在一家飯店裡，比賽喝酒。她被一位男同學，硬灌了三杯，其他的人都喝了不少酒——可是蘇榮德怎麼知道？當時他在那兒？她和同學們鬥嘴、說笑，他都看到了？

「情況、地點不一樣，」小蕙連忙辯論。「喝酒多少也不會相同。」

「那麼，妳乾掉這一杯吧！」

她覺得爭論是多餘的，索性喝乾了杯中酒。當然，蘇榮德也陪著喝了一杯，她覺得自己並沒有吃虧。

這頓飯在不斷爭論中吃完，她足足喝了三杯酒。在要離開時，蘇榮德提議去跳舞。

小蕙鄭重地搖頭。「不去！」

美玲驚詫地問：「妳以前不是最喜歡『擦地板』嗎？」

「以前喜歡，現在可不喜歡。」

「為什麼？」美玲一直追問。

「現在長大了啊！」

「不對！」金溫平在旁插嘴。「她現在已經訂婚了，當然和以前不一樣。」

話既然講開，她也不想隱諱了。「王銘亮不喜歡我跳舞，所以，我也不想跳了。」

「啊——」美玲發出惋惜似的長音。「妳真是個乖女孩！」

她本來想大聲說：「妳不要嘆息，跳不跳舞，並不代表乖不乖，現在我們就去！」但一抬頭看到蘇榮德摸著短髭，微笑地注視著她，彷彿料定她會服從他的命令，乖乖地跟他去舞廳。再說，跟這個自傲、自大的舞伴在一起，又有什麼味道。

於是，她抓著皮包站起來，向大家告別。

美玲要蘇榮德送她回家；可是她走出飯店，攔了計程車，獨自駛回家中。

4

王銘亮走進總幹事陳明書的辦公室，總幹事連忙站起，走到沙發椅旁，陪他一同坐下。

在寒暄後，陳總幹事便鄭重地說：「現在想請你辦一件重要的事——」話說了一半，便停頓下來；總幹事凝視著他的面龐，似乎要從他的反應，決定是否把話說下去。

銘亮立刻接著說：「只要我能力做得到的，我一定盡力去做。」

「本來，這件事不是在你職權範圍之內，」陳總幹事仍不願直接說出。「所以，我覺得不好開口。」

「現在，我正嫌閒得慌。」王銘亮確是說的真心話。他的工作環境都已熟悉，但這時是收穫期，不需要預測蟲害。如果有額外的工作可做，一方面不會感到無聊，另一方面，又可以多學習一點東西，真是一舉兩得。

他催促道：「請快點告訴我吧！」

總幹事燃起一支菸，吸了一口吐出煙霧。「現在我們這兒，推行生產專業區的事，你知道吧？」

「我知道，聽說是希望大家種植玉米。」

「對了。我們是遵照政府的政策推行的；可是現在有了困難——」

王銘亮感到詫異。「怎麼會發生困難呢？」

陳明書從辦公桌上捧出厚厚的一本卷宗，卷宗封面有「雜糧作物生產專業區」幾個大字。打開卷宗便見到許多表冊。

總幹事翻到一張用紅、藍筆圈寫的地形圖，他指著藍圈說：「這些是我們所擬的工作單位，每個單位都有一個小紅圈；這個小紅圈，就是土地所有人，他們不肯和我們合作，所以我們的計畫就要擱淺了。」

王銘亮仔細察看「雜糧生產專業區的面積圖」，看到有些工作單位已完整，沒有紅圈；但還有九個區域，有大大小小的九個紅圈，難怪總幹事說遭遇到困難了。

「為什麼不去一家家說服呢？」銘亮感到詫異。

「當然說服過了。」陳總幹事指著那些藍圈圈得意地笑了起來。「這麼多戶農友，都是經過很多次勸說才同意的。」

王銘亮用右手食指畫著那些紅圈圈。「他們都不接受這善意的安排？」

「非常固執，不接受任何人的意見！」

銘亮的心底一愣，突然想起陳明書要他幫忙的話，忙搶著問：「你是想要我去一家家勸說？」

「你猜對了。」總幹事又猛吸了一口菸。「不要一家一家地去勸說，只要去一家就好了。」

「你是說，那些土地都是一人所有？」

「如果是很多人，就不會有困難了。」

「那麼，他是誰？」

「金德豐！你該聽說過了吧？」

5

他走進金家客廳時，早已把金德豐的為人處世，問得清清楚楚；而且把「雜糧生產專業區」的計畫和利益，也研究得非常徹底，所以昂著頭去見這一帶頗有聲望的人物。

金德豐待他很客氣，敬菸、倒茶，很用心地聽他說明來意，並頻頻點頭表示贊同。

但在他說完以後，主人沉吟了片刻，一字一字說：「你們的構想很好，但是，我有困難。」

「您有困難可以說出來，讓大家研究、研究嗎？」

「那是我個人的私事，用不著費大家的精神。」

王銘亮整個的希望落空了。這完全是惡意的拒絕，根本就沒有把他這個人放在眼裡，他的話算是白說了。

「當然，您的私事，我們不便過問。」王銘亮很不客氣的說：「但是，您這樣決定，破壞了大家的利益，這一帶的所有農友，都要怪您了！」

「哈、哈……」金德豐故意大聲笑起來。「王先生，你這個『帽子』可不小，我真不懂，各人種各人的地，各人有各人的自由——我不種玉米，是我的自由，他們為什麼要怪我？」

「這理由很簡單。」王銘亮委婉地問：「您知不知道大家現在的困難？」

「噢——我平常為自己的事，忙得不可開交，沒有研究過他們的問題。」

這是個標準的自私自利的人，從沒有想到他的行為妨害了大家的發展，難怪要拒絕別人的建議。

「根據我的了解，」銘亮說：「農友們現在自己耕種的面積太小，生產效率低，生產成本高，所以無利可圖，大家的生活都過得不太好——」

「那是他們自己的事，怎能怪到我！」金德豐大聲反駁。

「如果您和他們合作，採用集體耕作方式，推行大面積栽培，用農耕機耕作；這樣，花的本錢少，收的糧食多，大家的生活，不是就改善了？」

金德豐從沙發椅站起，在室內來回蹀步，像第一次聽到這樣的計畫，在心中仔細盤算得失。過了片刻後才說：「以前農會也送我一本，叫什麼《雜種生產專業區計畫》的小冊子，我都沒有看，等我找出來研究一下再決定好嗎？」

銘亮立刻打開自己的皮包。「這計畫我這裡就有一本，請您慢慢研究，我再來聽消息。」

他走出金家大門，感到一陣輕鬆。金德豐雖然固執，但聽完他的解釋，也有接受意見的可能了。剛才他雖沒有明說，但大家生活改善，他的土地多，收穫量更多，比其他農友會得到更大的益處，他想通後一定也動心了。

離開一排房屋，走到通往農會的岔道上，見路上停一輛機車，車旁有一個長頭髮，穿著夾克的青年，帶著照相機，背對著他站在路中央。他內心正感到奇怪，這人為什麼阻擋著不讓別人通過；但他因為心中高興，不願計較，便側著身體想從路邊跨越。

那青年人忽然旋轉身，平伸雙臂，不讓他前進。他突地發現那陌生人，左額有一道月牙形的疤痕，此刻正滿臉寒霜，瞪著雙目注視他。

「請你停一下好不好？」陌生人的語氣非常強硬，似乎在下命令。

銘亮本來不想理他，要一直向前走，繼而一想，也許對方認錯了人，為了避免誤會，還是停下說清楚的好。

「請問，有何貴幹？」

「我今天特地來警告你！」

「警告？」王銘亮突然感到心底一驚。「你一定是認錯了人！」

「笑話！我沒有瞎了眼，怎會認錯人！」陌生人用右手食指戳向他。「你叫王銘亮，對不對？」

「沒有錯。」銘亮連連點頭，但心底的疑問和驚懼，陡地上升。「可是，我並不認識你——」

陌生人切斷他的話。「那無關緊要。我只是告訴你，你快點從陸耀農家搬出去！」

「這……這個……」

「不要這個，那個的……」陌生人的嗓門又粗又硬。「你更不要和陸麗麗來往！」

「為什麼？」銘亮被命令得不服氣，胸中挺出一股反抗的逆流。

「告訴你事實就夠了，不要問理由。」

王銘亮不想和他爭辯，但急須知道對方是用什麼樣的身分命令他。「請問你貴姓？」

「哈哈哈……」陌生人昂起頭，發出一連串的笑聲。「你連我都不認識，真是笑話。不認識也好，現在我也不想告訴你——你以後就會知道我、認識我，目前你就按照我的話去做吧！」

「假使無法做到呢？」

「那吃虧的是你自己！」陌生人跨上機車，準備離開了，又加了一句：「今天我警告你的話，到此為止，希望你又聰明、又聽話！」

王銘亮眼看著在面前消逝的機車，喃喃的自問：「我真的該聽話？我又為什麼要聽話？」

6

小蕙拋開手中的信紙、信封，搶著上前一步，抓起電話聽筒。

對方報了姓名：「蘇榮德。」

剎那間，她已忘記對方是誰了；但隨即想起那一撇短鬍子，又想起許美玲和美玲的男友金溫平。

也許是她頓住的時間太久了，對方接著問：「妳還記得我？」

「當然記得。」小蕙內心忽然怪起美玲來。「我正在想，是不是美玲把我的電話號碼告訴你。」

「妳太小看了我。連鼎鼎大名的范小蕙的電話號碼都查不出來，還算是男子漢、大丈夫？」

這是兩碼子事，怎能併為一談。她很討厭對方的油嘴滑舌，想立刻把話筒掛上。

「你盡說這些廢話幹麼！」

「好，我說正經的。今晚有一場音樂演奏會，人家送我兩張入場券——」

小蕙接著問：「你的意思是轉送給我和美玲？」

「妳的反應真快。」聽筒中傳來嘻笑聲。「如果照妳這樣說法，我打電話給美玲就好了，何必這樣麻煩。」

她已領會對方的意思了，所以悶聲不響。

對方接著說：「我知道妳很喜歡音樂，才希望妳陪我一道去，欣賞節目時，妳還可以做我的顧問、老師……」

聽筒中嗡地一聲，似乎什麼都聽不到了。蘇榮德在電話中，和上次在一起時的滿不在乎以及對她嘲弄的調調兒，大不相同。她能接受對方邀請嗎？人家送的兩張入場券，大概是藉口——聽聽音樂也不是什麼大不了的事，值得大驚小怪嗎？為什麼要接受她討厭的人的邀請呢？

「今兒晚上，我可能沒有空。」話說出口，她感到自己拒絕得太軟弱。

「不是妳的未婚夫反對吧！」

對方的話，像火車頭的汽笛，震得她眼睛發花。王銘亮有資格反對她！她退後一步，抓起他寫來的信紙、信封，揉成一團，要猛烈地拋向字紙簍！但接著還是忍住了，輕輕地把紙團放在茶几上。

王銘亮沒有錯，只是死心塌地在鄉間居住、工作，把她拋得遠遠的。寫來的信，也是簡簡單單的幾句話，像一杯不冷不熱的溫開水。他就是這樣的一個人，沒有熱情如火，也沒有干涉或反對她做任何事——為什麼蘇榮德要這樣說？

「誰都沒有反對，」小蕙大聲說。「那是我自己反對自己。」

「為什麼？」

因為我不喜歡你——但話到舌尖，還是留在口腔。他們只見過一次面，說話不能不含蓄一點，再說，她只是對他有初步印象，究竟是喜歡還是討厭，仍分不清楚。

「你送我高帽子戴，是送錯了。」小蕙仍用尖刀刺向對方。「我根本不喜歡你說的那種音樂演奏。」

「那麼，妳喜歡什麼？」

「我喜歡散步。」

「好吧！散步也挺有趣。」

7

下午快要下班時，王銘亮走近陸麗麗桌旁對她說：「最近，我們辦公室對面的『海鮮大王』新開張，據說味道不錯，我要請妳吃海鮮。」

麗麗抬起頭，目光中顯現出一股迷惑和驚訝。「你……你……你說是什麼時候？」

「就是在下班以後。」

她在折弄手指，似在心底考慮。「我沒有先和媽媽說一聲，他們會等我吃飯。」

「不要緊，我們吃過飯一起回去。」王銘亮知道她家中全部的生活習慣。她回家不會馬上吃飯，而且她以往也因為工作做不完，經常遲一、二個小時回家。

他又補充了一句：「差不了多少時間的。」

麗麗笑得忸怩：「那不是要你破費了。」

下班鈴響的時候，銘亮在辦公室門口等麗麗，一起走進「海鮮大王」。

麗麗似乎很羞怯，找了一個最僻靜的角落坐下。實際上這是一個小地方的小飯店。他們走進去以後，大家都用幾分神奇的目光注視著，避也避不了。

點完菜，麗麗忽然問他：「今兒你怎麼這樣客氣？」

「那是謝謝妳平常的照顧啊！」銘亮說的倒是心底的話。他來到鄉間，一切感到不習慣。衣、食、住各方面都要自己照顧自己——在家中全由母親照料，從沒有為著日常的瑣事煩神、操心；到了這兒後，任何事都得自己動手；但他往往顧此失彼。幸虧有麗麗幫他準備茶水，收回洗曬的衣服，甚至於房間的整理和清掃，有時也被麗麗搶著做了。

麗麗在下班時間還非常用功自修，有了不懂的問題，也時時向他請教。這樣，他不但不感到麻煩，反而覺得生活過得滿愉快，沒有寂寞和無聊的感覺。因為這兒沒有其他娛樂場所，唯一的電影院所放映的影片，不是老早他看過的，就是不適合他胃口。所以，他時時想到，如果沒有麗麗，不知如何在這兒生活下去呢。

銘亮接著說下去：「我早就該請妳了，延遲到現在，好像太說不過去了。」

「你好會說客氣話！」麗麗笑了起來。「你是我免費的家庭教師，我早就跟爸爸、媽媽說——」

「說什麼？」

「辦一桌酒席，好好請請你。」

銘亮忙搖雙手：「用不著，用不著！平常在你們家，已打擾得太多，還要客氣幹麼！」

「可是，你今天先客氣起來。」

「我今天是為了——」銘亮突然頓住，不想把心中祕密說出。如果說是為了向陌生人示威——陌生人不要他和麗麗接近，但是他要在大家都能見到的地方，和她一起吃飯。實際上在一起吃飯，該是極平常的事，但麗麗怕要嚇得大喊大叫，不敢坐在這兒吃飯了。

麗麗追問：「為了什麼？」

「為了向妳打聽一個人。」

銘亮的腦海中又浮起那攔路人的面貌。「一個高高瘦瘦的青年人，左邊額角上有個大疤，像一隻月牙兒……」

他的話還沒說完，麗麗就搶著說：「那是金平河嘛，你怎麼認識他？」

「我是無意之間見到的。」銘亮不想說穿，但覺得名字很熟。「金平河是誰？」

「啊——」麗麗笑了起來。「你連金平河都不知道，真是孤陋寡聞！他的父親就是金德豐——金德豐你一定認識了吧！」

一個冷顫從心底升起，想不到麗麗的事，會和金德豐的家庭纏在一起。原來，他認為很單純的問題，現在覺得已複雜多了。

「妳和金平河很熟？」他忽然想起，第一次是振宏提過他的名字。

「在一個地方長大，一個學校讀書，怎麼不熟？」

「你們常玩在一起？」

「很少。」麗麗似乎突然警覺起來。「你問這幹麼？」

「我只是隨便問問。」銘亮裝得滿不在乎的樣子。「我覺得這個年輕人不錯，很有朝氣——」

麗麗的雙手，連連在桌面上擺動。「算了，算了。他既不讀書，又不肯做事，成天游手好閒，打架鬧事，我們不要談他好嗎？」

叫的菜來了，開始吃飯；但王銘亮對桌上鮮美的海鮮，卻不知是什麼味道。金平河硬不讓他和麗麗接近，是希望獲得她的愛情；而麗麗對他的觀感和印象卻是如此的惡劣，這雖然與他無關，但他夾在中間，將如何處理。

雖然他心底覺得很沉重，但表面仍輕鬆、瀟灑，和麗麗說說笑笑，並陪她一道回家。

順著紅磚人行道，一直向前走。小蕙把皮包拎在手中，蕩呀蕩的，她把身旁的蘇榮德，當作王銘亮。蘇榮德也老是藉機會擁著她，但都被她輕輕推掉了。

她一面走一面想，男女之間是不是有真正的友誼？像她這樣訂了婚的人，也可以結交男友？蘇榮德真是為了請她聽音樂？除了聽音樂以外，沒有其他目的？

「這樣散步下去，妳不感到累？」

「不累。」

榮德抬起手腕看錶。「我們快走了一個小時，我已感到腿痠了，妳還穿著高跟鞋呢！」

「散步就是要走得筋疲力竭才過癮，走累了就回家休息。」

但蘇榮德不讓她再走了，攔了一輛計程車，載她同往一家觀光飯店的咖啡廳小坐。

小蕙對自己說，這不是自己遷就他，而是她實在感到累了，才藉機會找地方休息；如果她休息夠了，隨時可以離開。

她為了掩飾自己的心虛，找出很多話題來談論——事實上，她並沒有做錯過什麼。言語、舉動都盡量約束自己，為什麼會有歉疚的感覺？她是對王銘亮歉疚，銘亮不會反對她來喝一杯咖啡吧——談這兒的燈光、佈置、吵鬧的電子琴，以及女侍的服裝。

但蘇榮德仍是滿臉淺笑，像是一個老謀深算的人，眼看著稚齡的孩童在做遊戲，沒有絲毫得失之心。

小蕙感到憤懣和不平。她在家中是非常輕鬆、愜意的，接受他的挑戰，才淪到精神和情緒如此不穩定的地步，蘇榮德有什麼資格嘲弄她。

她拎起皮包，堅決地說：「我要走了！」

「可是，咖啡還沒有來。」

「我不想喝，我要回家！」她已跨出座位，向門口走去。

蘇榮德跟著站起攔住了她。「我們談話的主題，還沒開始，怎麼可以走開？」

「還有『主題』？」她不想在公共場合，發生拉拉扯扯的現象，同時也希望知道對方真正的目的是什麼，便趁機退回坐下。「我倒希望聽聽你的意見。」

咖啡來了，蘇榮德像個主人似地慇懃的照顧她。她現在可以冷眼注視他的動作了。蘇榮德知道她已訂婚，而且從她的言談、態度中，可以了解她是在討厭他，蘇榮德為什麼還要如此的獻慇懃。

「我喜歡喝苦咖啡，」他的咖啡裡什麼都沒有放，在他喝了一口以後說：「愈苦的東西，我愈要嘗一嘗；愈是得不到的東西，我愈想得到——」

小蕙心情恍惚地加了一句：「那真叫自討苦吃。」

「這就是人生。」榮德攤開雙手，聳聳肩。「人生下來就為自己的需要奮鬥、掙扎。如果每樣事物，都輕易的順手可得，活著還有什麼意義！」

「這就是你的人生哲學？」

「談不到什麼哲學，只是不和別人一樣的隨波逐流罷了。」

難怪他的個性彆扭，他硬是要表現得特殊，那麼，他在這社會怎麼生活呢？

「就是根據你自己的理由，」小蕙要加以反擊。「所以才找我陪你散步！」

「可以說是，也可以說不是——」

「你這句話好難懂。」

「那是因為我喜歡和妳在一起。」

「但我是訂過婚的人。」

蘇榮德笑了起來。「我並不想和妳訂婚、結婚……」

她倏地站起身，抓著皮包便向門外走。這句話的本身沒有錯，但聽起來，她像受到很大的侮辱；再加上他的笑聲，充滿了嘲諷的意味，實在使她受不了。

走出門外，涼颼颼的風吹在臉上、身上，使她清醒了不少。她也並不希望和蘇榮德訂婚、結婚，為什麼不喜歡他所說的真話。

小蕙順著紅磚人行道慢慢踱著，以為蘇榮德會從背後追來，向她解釋，請求原諒；但走了一條街，只聽到自己的高跟鞋的捶擊聲，沒有任何其他的聲響。她再沒有力量走下去了，攔了一輛計程車馳往家中。

9

王銘亮早晨上班時，在辦公室接到一封信。打開後，見上面寫著：

「請你不要和那個人來往，你反而公開地請那個人吃飯，向我們示威！請趕快接受我們建議！」

沒有頭，沒有尾，最後有「陌生的一群」幾個字。信上的字是歪歪斜斜寫的，像故意不讓人認出筆跡。

銘亮知道那是金平河耍的花樣。但他並沒有追求麗麗的念頭，所以也沒有放在心上，順手把信紙、信封揉成一團，拋進字紙筒中。

但另外一封信是小蕙寄來的。信中除了訴說她在家中的生活寂寞和無聊外，並希望他立刻辭職回家。她說，她父親的化工廠擴大經營，機器、廠房、員工都增加了很多，需要幫忙、照顧的管理人才，與其聘請未知是否可信託的陌生人，為什麼他不回去助一臂之力？

「這是個老問題，也是個非常堂皇的理由。」王銘亮把信紙套進信封時對自己說。但他有那樣的管理能力？放棄自己的專長和興趣，做自己不想做的工作，是一項聰明的選擇嗎？

他覺得最主要的還是應該自食其力，不必靠他人的安排和施捨——王銘亮很懷疑：那是不是小蕙故意安排了這樣一個職位，而她的父親為了女兒和未來的女婿，不得不聘他擔任要職，以符合女兒的要求。

這是一個自卑的想法。他不該如此的看不起自己，小蕙不會這樣做；而他目前正遭遇到難題，別人逼他離開陸家，離開陸麗麗。接受小蕙的善意安排，正是最好的藉口和理由，為什麼還要遲疑和猶豫？

王銘亮豎起信封，橫著敲擊桌面，對於自己未來要走的方向無法抉擇，不知如何寫信去回答小蕙。

正在凝神思索間，忽然響起粗重的聲音：「銘亮兄，是不是碰到難題了？說出來大家研究研究。」

抬起頭，見是陳總幹事。銘亮忙放下信封，匆遽地起立。「沒有，沒有，是家庭瑣事，不好麻煩別人的。」

總幹事沒有往下追問，接著說：「我特地來告訴你一個好消息——」

「好消息？」

「是的。」總幹事拉他一同坐在沙發椅上。「金德豐答應把他的土地種植玉米了。」

王銘亮把剛才的煩惱，忘得一乾二淨，拍著雙手道：「那太好了，我們這兒的專業區就很完整了。」

「還不能太樂觀，」陳總幹事沉吟了一下。「他雖然同意種植玉米，但還附有條件。」

「條件不苛刻吧？」

「算是無理要求。你看，他要在農會理事長當選之後，才能決定——」

「他的意思，就是要你幫他競選？」

「說得好聽一點是這樣說；說得不好聽，像是在要挾！」

王銘亮側轉身軀，見總幹事面孔的青筋暴跳起來。雖然他的言詞還沒有現出憤懣，但表情方面，已充分顯示把怨恨壓抑在內心了。

「那麼，你是不是能夠幫忙呢？」

「我有什麼辦法幫忙，那要理事們自己投票的啊！」

「他能提出這條件，一定知道你有這份力量。」

「力量嘛，當然有一點。」陳明書右手輕摸著下巴。「好幾位理事，和我的私人感情不錯；我是可以幫忙為他說幾句好話的；但是，他用這種方式要挾，我可不在乎——」

「我們為了整個計畫，不能賭氣。」

陳明書急搖雙手。「不是賭氣！我現在要站在公正立場，現任的馮理事長也在競選，我怎能捲進他們的選舉漩渦。」

這話的確有道理。以他總幹事的身分，當然不能偏金或是偏馮。這樣說來，金德豐當選，只有二分之一的機會，推行雜糧專業區的計畫，困難重重，陳明書怎麼告訴他說是「好消息」？

王銘亮突然感到窒息起來。「這樣說，我們如何打開僵局？」

「第一，是耐心等待——」

「等待金德豐當選？」

「不錯，金德豐有一些潛勢力，可能會當選。」總幹事點燃一支菸，吸了一口，皺著眉頭說：「當選以後，他還有其他的條件。」

「那又是什麼？」

「不必談了，等他當選再說吧。」

「現在，我們怎麼辦？」

「不得已，只好求其次。」陳明書的面容開朗了。「我們先實施第二個辦法。」接著總幹事解釋，他們要重新劃分耕作單位，不把金德豐的土地，列入計畫之內。如果他參加這生產專業區，固然很美好、很完整；即使他不參加，也不影響整個計畫的執行。

「這是應變的緊急措施。」總幹事說：「現在一切要從頭開始；但我們農會的人手不夠，你可以幫忙嗎？」

銘亮突然想起小蕙的信，仍躺臥在辦公桌上。他現在不會像小蕙那樣閒得寂寞和無聊了，時時刻刻要為這新計畫計算、測量、繪圖、奔走……他不知自己究竟能為他們做些什麼；但確知總幹事需要他這樣的一個助手，一個工作人員，他不能也不該逃避自己的責任，躲在小蕙為他建築的溫室裡，去享受不應享受的清福。

「當然願意。」王銘亮堅定地說：「你需要我做什麼，我就做什麼。」

陳總幹事拍著他的肩頭。「好！一言為定。」

他寫了一封回信給小蕙，告訴她這兒很忙，無法離開（當然不提辭職的事），如果她在家裡實在閒得無聊，歡迎她到這兒來遊玩——這兒的路線圖也畫一張給她。把信投進郵筒，他心中的一塊石頭才落下，便開始忙碌的工作。

10

這一天，王銘亮並未準時回家，因為工作忙，回家很晚，剛一回家，發現麗麗正坐在他的書桌旁，好像有話要說似的。

「麗麗，妳還沒有睡？」

「我在等你，要向你請教一個問題。」麗麗站起身忸怩地說：「只是怕……怕影響你的休息時間。」

銘亮看看手錶。「才十點鐘，不要緊，我每天都在十一點以後才休息。」他鼓勵對方：「有問題可以提出來，我們互相研究。」

麗麗又坐在他桌旁，輕柔地說：「這不是書本上的問題，而是我自己的……」

王銘亮注視著低頭折弄纖細手指的麗麗，他第一次發覺她很嫵媚，而一雙大眼眶中油亮的瞳仁，顯出祈求和無助的神情。

「好吧！」他認為有義務幫助麗麗，誠摯地說。「不管什麼難題，妳都可以說出來。」

「我不知道有什麼好辦法，可以拒絕別人的邀請——」

「那還不簡單，」銘亮笑出聲。最初他以為是多大的難題，未料竟是如此的不必費神斟酌。從這兒可看出，麗麗仍是孩子氣十足，難怪他剛來的第一天，她要關起門，先驗證件。他說出自己的意見：「告訴對方沒有空，不是就結了。」

「這樣乾脆的拒絕，會得罪人。」

「為什麼不想一個理由？譬如——」銘亮思索著。「譬如上班啦……」

「是個星期假日。」

「假日也可以加班工作喲！」

麗麗輕輕搖頭。「那不成為理由。」

「也可以說是探訪親戚啊！」

麗麗仍搖頭。

銘亮也性急起來。「為什麼不說是參加同學會呢？」

「那真是太巧了。」輪到麗麗發出笑聲來。「正是同學會的邀請；還能推到哪兒去！」

他的面頰感到微微發燙，有點尷尬不安。他一直以為是個人的邀請，才想出種種理由拒絕——而拒絕的對象，不外乎是男同事、男朋友，現在竟出乎意料之外的是這樣一個團體，真是錯估了麗麗。

「那又何必找理由拒絕！」銘亮忙用話遮飾自己的心虛。「抬起頭、挺著胸，堂堂皇皇地參加。」

「可是，可是……」麗麗囁嚅地說。「我不願意參加那費時費事的活動。」

「那也不要緊。同學會的人多，多去一個，少去一個，誰也不管誰；更用不著找理由做藉口。」

麗麗愣了一會兒，吁了一口氣。「那個負責人釘得緊，又是信，又是電話，又是當面拜託——」

「天下哪有這樣討厭的人！」王銘亮覺得心中的一股怒氣在上升。「是什麼學校的同學會？」

「小學的。」

「那負責人是誰？」

「你……你知道的。」麗麗的舌尖在口腔裡滾動了一下，猶豫了片刻，再低聲無奈地回答。「就是金平河——」

銘亮的耳鼓中「嗡」地一聲，聽覺的開關似乎閉塞了，麗麗下面的話聽不清了。

這是巧合，還是麗麗故意說給他聽的。也許是上次在飯店談話時提到金平河，麗麗誤會他關心金平河和她的來往，今兒才轉彎抹角地把金平河的邀請，提出來討論，徵求他的意見。

然而，他為什麼要關心他們之間的事？以前，他根本就沒有過問麗麗的私事；現在，金平河公開出面挑戰了，他更沒有理由捲進他們之間的情感漩渦。

這樣一想，麗麗不但不是天真的孩子，還具有相當的機智哩！

「那麼，妳就不必推辭，」王銘亮很小心地考慮自己說的話。「能去見見多年不會面的很多同學，也挺有意義的。大家聚在一起，談談往事，又可以回到快樂的童年了。」

「照道理說，應該是這樣，可是現在全變質了，遠遠不是那回事。」麗麗埋怨地說。

「現在是什麼情況？」

「變得好人都不願意參加，參加的都是些游手好閒的，不三不四的——」

麗麗突地頓住沒有說下去，諒是想到不該把同學說得太差，以免「家醜外揚」吧。

也許不會像她說的那樣，頂多是金平河以及少數一、二個人的行為，她看不順眼，才有厭惡的感覺。

「既然這樣，」銘亮不得不安慰她。「妳為了應付人情，勉強去一趟；但可以提前離開。」

「但有人纏住不放啊！」

銘亮暗地感到好笑，天下哪有這樣的同學會。纏住不放的人，一定是金平河。也許她是平時疏遠了金平河，他才藉同學會的名義接近她。

「用什麼理由纏住妳？」

「先是照相、聚餐，接著是餘興節目——深更半夜的唱歌、跳舞，然後纏著要伴送回家，煩都煩死了。」

「那不是很有意思嗎？年輕人應該快快樂樂的玩一玩。」

「看到那些人頭就痛，還有什麼好玩的。」麗麗又現出無奈和失望的表情。「如果在那天，有個好藉口——」

「同學會是在哪一天？」

「下星期日。」麗麗噘著嘴唇說。「你現在不是忙著做生產專業區的計畫嗎？」

「是的，我正在日夜趕辦。」

「如果……如果……」麗麗低下頭猶豫著，似在考慮要不要說下去。

銘亮鼓勵地問：「如果——怎麼樣？」

「如果你那個計畫需要人幫忙，」麗麗低頭微笑，臉上顯出一片紅潮。「如果不嫌我笨手笨腳，我可以盡義務，為那個計畫加班。」

銘亮像被球棒猛擊了一下，霍地從桌旁站起，驚詫地問：「妳是說，要拿幫我加班做擋箭牌，推掉那個聚會？」

「是啊，那不是頂光明正大！」

他頹然又坐下，搖擺著雙手：「不行，不行！」

「你認為我幫不上忙？」

「不是，當然不是。」

麗麗詫異地問：「那又為什麼？」

能把金平河兩次警告的事對她說（她聽了不知會緊張到什麼程度？）現在他的本意是慫恿她接近金平河，而不是在他們之間增加牆堵——當然，那並不是懼怕威脅，而是不願麗麗對他增加誤解。

「妳應該知道，我幫忙做那個生產專業區的計畫，已非常勉強——那不是我的職責。」銘亮委婉地解釋。「要妳去星期日加班，更沒有人相信。」

「相信不相信，那是他們的事。只要我們真正坐在辦公桌上做事就好了！」

那太妙了，所有對麗麗的不滿和怨懟，全部傾瀉在他身上。冷箭和熱箭的箭頭都射向他，他成為標準的箭靶。如果他喜歡麗麗，要追求麗麗，那倒可承受得心甘情願；可是現在他們只是房東、房客的情誼，不必擔負這責任和風險。

「這個主意不好。」銘亮立刻否決。「這地方太小，人們相處也太密切，隨時隨地都要見面，怎能自己築起圍牆來躲避別人！」

麗麗臉上的線條霎時全部僵化，空氣中立刻令人感到沉悶而悒鬱。「那麼，你說有什麼好主意？」

「主意倒有一個，但全要靠妳表演。」

「表演？」

「是的。」銘亮肯定地回答。「妳要裝得高高興興的赴會。談天、說笑、聚餐——在桌上吃到一半的時候，妳突然不舒服了……」

「對了，我的肚子痛了起來。」

「那隨便妳怎麼說，但一定要表演得逼真。」銘亮面孔嚴肅，像在攝影棚中的導演。「離開那裡，最好直接去醫院。」

「好！我接受你的指導。黃內科醫院，正有我一個朋友在那兒當護士。」

11

小蕙斜躺在沙發上，正在看一本小說，全部精神集中在人物和故事上。許美玲像一陣風似地捲了進來。

「真輕鬆、真愜意啊！」美玲大聲喊。

小蕙伸了個懶腰，把書拋在小茶几上，然後噘噘嘴唇，示意美玲坐下。她像找到了訴苦的對象，埋怨似地說：「我正在『殺』時間哩！」

「就是找不到地方玩，才感到無聊。」

「那好辦，想辦法去找消遣的地方啊！」

美玲面露滑稽的嘲弄笑容：「妳這話是說錯了。不是找不到地方，該是找不到妳喜歡的人吧！」這倒是真話，但她不願意認輸。「妳不要信口雌黃了。」

「說真的，小蕙。」美玲嚴肅地說：「妳這樣閒著，吃吃睡睡，總不是辦法，該找工作做啊！」

「怎麼，妳認為我沒有工作？」小蕙詫異地問：「我不是在我爸爸的工廠——」

「算了！」美玲搖手示意。「那算什麼工作。妳爸爸是老闆，高興就上班轉轉，不高興就不去。工作既輕鬆，又沒有責任感；要做工作，就該自己出去打天下，憑真本領做事——」「妳是說我沒有本領？」

「本領是有啊！但像妳這樣躲在大樹底下乘蔭涼，使人看了，妳真像個嬌生慣養的大小姐，茶來張口，飯來伸手——」

小蕙的心情沉重起來。她確是有那種依賴心理，所以做事時，一切滿不在乎。現在仔細一想，便覺得在工作中沒有學到什麼，心得和經驗都沒有增加。

「妳是說，我要另外去找工作？」

「當然啦！」美玲的聲調提高了。「妳念了那麼多年的書，而且成績還很不錯，怎能老是躲在家裡孵豆芽！」

「對，妳說得對！」小蕙站起在客廳中大步走動，一股雄心壯志，又從心中萌芽。「我要到外面去找工作，試試我的才幹，看能不能適應複雜的社會。」

美玲用鼓勵和誇張的聲調說：「一定能夠適應的；大家都能，妳為什麼不能？」

這倒是真實的話。她從來沒有輕視過自己，覺得自己想做什麼就可以做成什麼。如果她離開父親的庇護所，同樣的可以把工作做得勝任愉快。

但是，工作怎樣去找呢？還是要求爸爸介紹——和爸爸有業務來往的工商機構、公司行號不少，只要爸爸出面說一句話，獲得小小職位當無問題；但那還是靠爸爸的力量，和在爸爸經營的事業中工作差不多。

再說，爸爸的工廠需要人——要花錢聘用外面的人，怎肯出面為她介紹工作。她還是靠自己的力量吧！「美玲，妳看我做什麼工作，比較適合？」

「妳應該問自己想進什麼機關。」

小蕙頓覺心中混亂起來。這時才了解天地之大，自己不依賴別人求取生存，確實要費一番心力。

「我想，」小蕙坐在原位考慮地說：「我應該先看看報紙的分類廣告；同時，也要請妳幫我留意就業的機會。」

「那還用說，一有機會，我馬上通知妳。」

送走了美玲，她才想起沒有問美玲今兒來的目的是什麼。難道是閒得無聊來「殺時間」？說不定她本來有正經事，見她為了工作發愁，便沒有講出來這兒的理由。

這重大決定，對她未來的生活會改變不少，她覺得應該寫信給王銘亮，徵求他的意見。

小蕙隨即推翻了自己的想法，等到新工作決定了，再告訴他也不嫌遲。

12

王銘亮在辦公室加班到晚間九點，才匆匆忙忙回到住處。進了門，見陸家客廳有客人，他本想從旁邊甬道，迂迴地進入自己房間；但房東陸耀農大聲喊住了他。

「王先生，來見見這位客人啊！」

他只好硬著頭皮踏進客廳。「啊，原來是金先生！」他訝異地向客人點頭，真沒有想到金德豐會到陸家來。

金德豐笑呵呵地問：「聽說你最近工作很忙。」

「沒有什麼。」銘亮謙遜地答：「只是沒有經驗，做起事來又慢，效率又不高。」

「你太客氣了。據我得到的消息，說你們辦的雜糧專業區計畫快開始了。」

主人開始讓座。

王銘亮覺得金德豐主動提出這個問題，正是給他說服對方的好機會。於是，他不想匆遽地離開，便在金德豐對面的椅子坐下。

「不錯，專業區的計畫，馬上就開始實施了。」銘亮認真地說：「可惜，您的土地還沒有參加這計畫。」

「這……這個問題，」金德豐囁嚅著很久說不出口。「我……我正在研究。」

「根據我的淺見，您是不必再研究了。」王銘亮熟練地說：「每家單獨種植，經營面積小，生產成本高，生產效率低，缺乏產品處理和運銷制度，利潤不高。」

陸耀農接著說：「王先生的話說對了，我們過去種玉米和黃豆，利潤很低。」

「還有，」王銘亮把近來研究的農友實際困難，全部訴說出來。「由於生產量不穩定，產品價格又漲落不定，有時候農友吃虧很大。」

默坐在一旁的振宏，突地開口反詰。「過去我們的田地，都是自己耕、自己種，從來沒有人干涉，還不是生活得很好？」

王銘亮立刻糾正：「那不是干涉，而是幫助。現在有台灣省農林廳、中國農村復興聯合委員會等好多單位來幫助農友們；計畫、輔導、投資……為的是要使我們的農村更繁榮，使我們的農友生活得更快樂。」

振宏賭氣地說：「我就是不相信。」

銘亮對這位有成見的青年人，感到很失望。幸虧陸家的大權，仍掌握在陸耀農手中；不然要陸家參加生產專業區，一定非常困難。

儘管如此，銘亮仍不放棄勸說的機會。「不管你相信不相信，事實上集合大家力量，用機器耕種，大面積栽培同一種類的優良品種，到那時候，生產量增加，生產成本降低，你就會相信了。」

「可是，可是，」振宏想找話反駁，但找不出理由。「生產量增加，價格不是就下跌了。」

銘亮笑了起來。「你這種想法，主辦單位老早就想過了，那時政府要實施保證價格收購，農友絕不會吃虧的。」

「保證價格？」金德豐也瞪著一雙眼睛重複地問。

「是的，」王銘亮想，金德豐仍然沒有仔細研究過那專業區的生產計畫。也許他是永遠不會研究了，不如多告訴他一點：「市價低於保證價格，由政府收購；市價高了，可以自由出售。農友只賺不賠，這是政府幫助農民的一種措施。」

「我現在太忙，沒有時間仔細研究。」金德豐用手搔了搔長滿白髮的頭，諒是想推開話題，不願再談下去。

銘亮緊緊抓住機會。「實際上，很多單位已研究過了。專業區裡聘有專家來擔任改良生產技術的各種指導工作，還有很多機構協助辦理生產加工、貯藏、運輸、銷售……這是最好的發財機會，您千萬不要放過！」

「發財？」

「王先生說得對。」陸耀農接著響應。「農會陳總幹事仔細地幫我算過，我們的收入，大約可增加一倍；參加的農戶，都要過快樂的日子了。」

「如果真有這麼多好處，」金德豐在點頭簸腦做思索狀後，慢吞吞地說。「我忙完以後，會優先考慮的。」

銘亮胸中的氣向外膨脹。金德豐完全是裝模作樣，不接受別人真誠的建議。可是，他仍不放棄說服的工作。

「那完全是事實，」銘亮堅定而認真地解釋。「如果參加生產專業區沒有那麼多優點，這兒的農友會紛紛地自動參加？」

振宏又抽隙放了一支冷箭：「大概是盲從！」

陸耀農大聲喝斥：「你又胡說八道了。我們都會打算盤，不把利益算清楚，怎會輕易的放棄多年的老辦法——新辦法有專業，有很多單位支援，我們怎會吃虧！」

陸耀農雖然是教訓兒子，但義正詞嚴，客廳裡的氣氛突然嚴肅起來。

王銘亮不願使這僵局惡化，忙問：「金先生，您最近忙些什麼？」

「噢——」金德豐拖長聲音，表示一種無可奈何的神情。「很多親友、鄉鄰，要我多多為農友服務，一定要我出來競選農會理事長。現在我是騎虎難下，不得不出來，所以我今天特地來拜訪老朋友──陸大哥，一定要幫小弟這個忙。」

恍然大悟。王銘亮這才想起，陸耀農已當選理事，金德豐為了競選拉票，才親自登門；平時也許不「認識」這位老朋友，但今天非拜訪不可了。

可是陸大哥沒有直接承諾，只是敷衍地說：「你金老是德高望重，一定可以當選。」

「陸大哥，千萬不能這麼說。」金德豐用緊張、懇求的口吻強調：「競選是人人有希望，個個沒把握；何況我的對手，人緣好，年紀輕，幹勁足，不到開票算出結果，誰都沒有把握。」

銘亮接著說：「金先生的條件也非常好，理事們一定會樂意投您的票。如果您能把參加雜糧生產專業區，多為農友服務，解決生產和銷售的困難，當作競選的政見，我想一定會高票當選。」

「競選還要政見？」金德豐瞪著雙目，表現出驚訝和懷疑。「以前，我們這鄉裡競選農會理事長，從來沒有人談過什麼政見。」

「現在時代不同了。」銘亮覺得好笑。過去競選的人沒有政見，那是別人的錯誤；難道以後的競選者都要照樣錯下去。「如果候選人不說明自己的抱負，人家根據什麼做選擇。」

金德豐低頭思索了一會兒，懷疑的問：「可以把促成雜糧作物生產專業區的計畫，當作政見？」

「當然啦！這是現在農友最關心的問題，也是各位理事衡量候選人籌碼，這項最主要的政見，千萬不能放棄！」王銘亮誠摯地建議。

振宏搶著說：「千萬不要聽他的餿話！他是城市來的外鄉客，才不了解這兒的人們心理；我們還是按照原定的計畫去做，保險會獲勝。」

金德豐頻頻點首，似在贊同陸振宏的話；那麼，別人的建議，就用不著再提出了。銘亮是希望金德豐能用生產專業區做政見，不論他是否當選，對他自己向大眾宣布的主張，總不會不兌現的。

「關於競選政見，現在不能馬馬虎虎地決定，」金德豐圓滑地收場。「但我還是非常感謝王先生的善意和陸大哥的支持——對了，陸大哥這一票，無論如何請幫忙。」

金德豐又站在主人面前，連連九十度鞠躬，再雙手抓住主人的右手，連連搖撼，像要把全部的懇求和感謝傾瀉出來。他口中還不斷地喃喃：「一切拜託，千萬拜託！」

振宏也跟著客人走了。

主人回到客廳嘆了一口長氣：「金德豐是愈老愈糊塗，為什麼我家的振宏，也要跟著他去發瘋？」

王銘亮無法接腔，只是輕描淡寫地說：「年輕人都喜歡求表現，過了一段時期，他就會發現自己以往的錯誤了。」

13

小蕙看壁上的掛鐘，對自己的手錶，三點正。

「叮噹……」是清脆的電鈴聲。

她第一個反應，便是蘇榮德很準時。在內心裡，她是不想見他，甚至是討厭和他會晤的；但在電話中蘇榮德一再強調，有要緊的事，必須當面才能說清楚。好吧，見面就見面吧！如果談得不投機，是可以趕他出門的。

女傭阿蘭去開門。她從書架抽出一本書，一看是《存在主義的過去和未來》。她見這書名就討厭，根本不想看內容；可是現在已來不及更換，腳步聲由遠至近，客人馬上就進客廳了。

她不得不翻開幾頁，做沉靜的讀書狀。

榮德進門後，沒有坐下，只是上上、下下打量她，那火辣辣的目光，像一對探照燈（也許像X光）纏繞在她身上，她突地感到侷促和不安。

小蕙本意是不想招待他，等他把要緊的事說完，就請他出門。可是，此刻為了遮飾自己的窘態，不得不說：「請坐啊！」

「噢！好久不見了，我是要仔細看看，妳的本人和我在幻想中的影子，有多大的不同。」

他的話雖然有點討厭，但聽起來似乎還很受用。

「難道說，你就是來看看我的樣子？」小蕙立刻反駁。

「是……是的——不是，」蘇榮德的口裡舌頭亂滾，似乎已從迷夢中驚醒，睜著一雙大眼，凝視著她的面龐：「我真有要緊事和妳商量。」

「那麼，你說啊！」

「妳不讓我坐下，喘口氣，抽根菸，喝杯茶？」

她在心底噓口氣。讓他進了門，想立刻趕走他，似乎也不太容易。

客人已坐下，抽菸、喝茶。

小蕙期待對方提出問題，可是他輕鬆、悠閒地談著天氣、服裝、能源缺乏……似乎特地來解除她的寂寞和無聊，沒有在短時間離開的意思。

「你不是有要緊的事要研究嗎？」小蕙無法忍耐和等待了，便不客氣地直接催問。

「哈……」蘇榮德笑了起來。「妳真相信我有要緊的事和妳談？」

「為什麼不相信！」小蕙心中感到奇怪。他們之間沒有親密的來往，更沒有互相說謊的事實，怎會懷疑對方言語的可靠程度。「你是這樣的謹言慎行，還會說假話！」

「話倒不假。」榮德似乎已領會到她言語中的諷刺意味，笑容全部收斂起來。「我來這兒，只是想請妳參加一個聚會——」

「是什麼性質的？」

「不必緊張。」榮德先搖搖手。「是玩兒的，有很多年輕人，男的、女的都有。」

「怎麼玩法？」小蕙要追問到底。

「可以唱歌、跳舞，也可以說笑話、講故事……」

「在什麼地方？」

「在敝『公館』。」蘇榮德的右手搗胸口，做了一個滑稽的姿勢。「小地方很小、很窩囊，但可以玩得無拘無束，盡興而返，妳有興趣嗎？」

霎時內心感到矛盾起來。她是沒有理由接受對方邀請的；而且在基本態度上，是討厭蘇榮德的，為什麼要參加他所主辦的聚會。

可是，從各方面觀察，蘇榮德在外表上故意裝得自傲、自大；實際上他可能是非常自卑。沒有朋友，沒有人了解他，所以他才用嘲諷的嘴臉待人。

「沒有興趣。」她冷冷地說，但心底實際在想自己再不能單獨悶在家中了，如果有這樣不受羈絆的聚會，為什麼要拒絕參加。難道真是為了王銘亮？

「不過，」小蕙又加了一句。「你可以告訴我地點和時間。」

「明天晚上八點。」蘇榮德站起身來。「地點不必告訴妳了，到時候我會來接妳。」

他就那樣的抱著自信走了。小蕙是決意不參加的；但內心交戰了一夜一天之後，等到蘇榮德來接她的時候，她還是勉強的跟著他去了。

蘇榮德的家是在市郊，環境倒很清幽。由於是夜晚，小蕙也無法細心察看，只覺得他家的院落很大，客人很多。男男女女的青年，嘰嘰喳喳，內內外外的走著、說著、笑著……充滿了快樂和蓬勃的氣氛。

進入客廳，感到奇怪的是：人們在一簇簇談話或是走動，卻沒有人坐著。燈光也黑暗——當中的吊燈都熄滅了，只有經過特別處理的壁燈的光，微弱地閃爍。

蘇榮德已被一群人包圍著，她沒有辦法要求他解釋。這兒沒有人認識她，她也不認識任何人，所以只能站在牆角發愣。

又後悔來這兒受侮辱了。由於她平時對待蘇榮德太冷淡，蘇榮德才想出這主意來報復，面對著這麼多客人，她怎能發作。立刻出門，似乎也太小器了。

「嗨！小蕙，妳也來了。」

最初，聽到有人叫她，猛吃一驚，隨即聽出，也看出是許美玲，正向她走近，美玲的背後，還跟著金溫平。

正有冤無處訴，現在機會來了。她說：「這是什麼鬼地方？搞什麼鬼名堂？」

美玲正和金溫平交換著得意的微笑，也許是見到她的臉色不對，才故作神祕地說：「這是小鬍子的『傑作』，妳還不明白？」

「我才懶得去研究他的『耍寶』行為！」小蕙仍賭氣地埋怨。「請我們來，連椅子都不給我們一張，讓人家站著出洋相，算是什麼待客之道！」

金溫平上前一大步，和美玲並肩而立，雙手揮舞著解釋。「這是『小鬍子』的男女平等新構想。」他說：「一般舞會，都是女孩子『排排坐』，坐得舒舒服服的，而男孩子卻要俯首彎腰，低三下四的請求共舞，她們還可以任意的拒絕邀請；現在，大家都是『平等』地站著，情況和氣氛都不一樣了——」

小蕙搶著反問：「為什麼不一樣？站著還不是同樣可以拒絕；而且拒絕的態度還會堅決些。」

停頓了一下，金溫平彷彿體會到不該和她辯論——小蕙正奇怪，他又不是小鬍子肚內的蛔蟲，怎會了解得那麼透徹——語氣立刻變了。「我也是這樣說；但他還認為是『獨創一格』呢！」

美玲立刻擺出和事老的姿態，抓住小蕙的膀臂。「來，我陪妳轉一圈，先認識一下環境，管它什麼氣氛和情調，既來之則『跳』之，何必窮費唇舌。」

事實已如此，她不得不跟著美玲走。客廳的左側，有個很大的房間，有桌椅、有飲料，更有明亮的燈光；但很少有人坐在那兒，只有兩三對男女，像是親密的戀人，緊緊挨坐著喁喁細談。

她們匆匆掠過，也不願意在那兒枯坐；於是步入走廊盡頭的花園。花叢中和庭院裡倒有不少人在大聲談笑、鬧嚷，似乎都在等待節目進行，而且顯得焦躁和不耐。

小蕙問：「今兒到底是怎麼回事？」

「誰知道。」美玲環顧了周圍一遍，才低聲說：「據說是生日舞會！」

「誰生日？」

「還有誰，就是小鬍子蘇榮德啊！」

「那不是太招搖了！」小蕙胸中的氣焰向四面八方噴射。「在大家厲行節約時期，年紀輕輕的，一個小生日，值得這樣浪費！」

「妳全部想錯了，那是他的猶太作風。幾捲破錄音帶，加上幾杯飲料，能值幾文；還抵不上觀光飯店的半桌酒席哩！」

「可是，勞動這許多人——」

美玲拉著她膀臂的手輕輕搖晃。「妳又錯了。這是小鬍子在找機會給他們玩樂，他們感謝都來不及，哪會嫌麻煩。」

「我不信，也不懂……」

「這又有什麼難懂的。他免費供給場地，大家不費一文錢，可以有這麼好的結識異性朋友的機會。妳沒看到：今兒來的女孩子，要比男孩子多得多。」

經這麼一點破，小蕙縱目四顧，滿眼確都是女孩子。那麼，蘇榮德設計不用座椅，也是白費心力。陰盛陽衰的場合，女孩子不會把頭抬得太高的，何必出新花樣，使參加的人都感到不舒服。

客廳裡有熱烈的掌聲、叫好聲以及口哨聲。美玲的手輕輕的拉著她，一邊提醒她：「已經開始了，我們進去吧！」

進了門，人群已鬧烘烘地在舞池中滑動；不知道他們是怎樣開始進行——她是不必計較人家用什麼儀式進行的，她只是一個旁觀者，有什麼資格說話，挑眼？

美玲已被金溫平接入舞池中，她現在是孤零零的一個人了。用盡目力去搜索人群中的小鬍子；小鬍子很多，就是看不到蘇榮德。

小蕙說不出自己是氣惱，還是失望。蘇榮德的一言一行，總令她感到不舒服。一心一意的邀請她，還專程去接她來這兒，難道就是為了要她嘗試受冷落的味道。

幸而這不愉快的感覺，剎那間就飄逝。一個頂尖的高大的男孩子邀她共舞，她把綠色手提包放在隔壁的長桌上，然後進入旋律的世界。

玩樂的氣氛很濃，一會兒唱歌，一會兒表演特技，一會兒又做集體遊戲。使她感到奇怪的是：蘇榮德沒有擔任主角，而是一位梳著兩條小辮子的女孩做「導演」——也許該叫她做節目主持人吧！蘇榮德只是東躲西閃地「跑龍套」，而不是會場中的主角。

在一個合唱節目中，小辮子硬要蘇榮德和她合作；但蘇榮德堅辭，最後還是金溫平代替了他。

小蕙挨近美玲身旁，悄悄的問：「這節目主持人是誰？」

「噢——我忘記跟妳介紹，她是黃元英，今兒她該算是半個主人呢！」

「可是，可是……」小蕙遲疑著，有點不大相信。「蘇榮德的態度不大對勁……」

「妳甭提了。小鬍子就是那種德行。該熱不熱，該冷不冷，誰知道他的葫蘆裡賣的什麼藥？」

是的，她也相信美玲的話有幾分可靠性。就拿她自己為例。小鬍子又打電話，又登門邀請，像是很誠摯地希望她能參加這個聚會，而剛才又特用專車去接她，想像中以為她是今天的主角，蘇榮德定會纏繞在她前後左右，慇懃地接待她並要求共舞，怎會想到是如此的對她不聞不問。

大家瘋狂地樂了一陣、鬧了一陣之後，小辮子大聲宣佈：「切蛋糕開始！」立刻有人搬桌子放在中央，三層的蛋糕也被抬了出來。

她見蛋糕上插了三支大大的蠟燭，便想起小鬍子為什麼要擴大舉行慶祝的理由。

但三十歲算什麼，等到過六十歲再慶祝生日也不遲啊！

全體鬧烘烘的唱「生日快樂」，蠟燭也由黃元英幫著吹熄。一把長長的刀，由黃元英遞在蘇榮德的手中，再指導他如何切法。

刀從第三層滑向第二層。切開第二層時，有一個大的紙團，跌落在第一層上。

蘇榮德突地愣住，似乎猛吃了一驚。他放下刀，撿起亮滑滑的油紙團，慢慢放開，裡面包有一張長方形的紙條。

四周喧嚷的人群，剎那間靜止了，並慢慢向蛋糕集中，彷彿都希望很快知道那上面寫些什麼。

小辮子喊：「念啊，念出來，讓大家聽聽！」

小鬍子似被逼著念講演稿（也許是字跡不清楚吧），聲調不高，而又結結巴巴：

「祝壽星——不，祝大家生日快樂……」

小辮子立刻糾正：「不對，不對，應該是『祝壽星生日快樂！』」

人群中冒出高大的聲音：「請黃元英小姐朗誦！」

黃元英沒有理會，繼續執行「導演」的職務：「接著念下去！」

小鬍子發愣地看著手中紙條，一個字、一個字念著：「現在由壽星請……請……」

「請壽婆出場——」又是人群中的喊叫聲。

但壽星終於接下去了：「請……請范小蕙小姐共切蛋糕……是……」

黃元英大聲岔開話頭：「你念到哪兒去了。」

場中一陣擾攘：

「誰是范小蕙？」

「請范小蕙出場！」

「……這不是半路上殺出一個程咬金！」

「…………」

小蕙先是面部發燙，接著便是耳中、腦海中嗡嗡響，真分不清是夢幻還是事實。這是誰和她開玩笑。當著這麼多陌生的青年男女，要她出面獻醜，真是出乎她預料之外。她又後悔輕易地答應蘇榮德的邀請了。此刻該掉轉身向門外跑去，跑得遠遠的，不再聽這些嘲諷、笑罵……

壽星又大聲叫：「請范小蕙小姐出場！」

小蕙正轉身準備走向門外，倏地一隻胳膊有力地攔住她：「上前去啊！怎麼老是賴在這兒！」

她掙扎著：「我去算什麼？」

「這是玩啊！何必當真。妳的幽默感呢？」

大家的目光，都集中在小蕙身上，接著便是一陣轟雷似的掌聲。

小蕙已知道自己無法躲閃、逃逸，只好硬著頭皮，做大家希望她做的「表演」。

她立刻成為全體注意的目標，尤其是小辮子的火辣辣目光，更縈繞在她身上。

小辮子受了這意外的打擊，主持「節目」也沒有剛才那樣起勁。但在吃完蛋糕重行跳舞時，她已纏著蘇榮德，一起滑入池中了。

小蕙被很多男孩子圍繞，一個接著一個跳舞；但蘇榮德始終沒有邀請她——她一再告訴自己、安慰自己：蘇榮德是被別人纏著無法分身哩；但另一種想法又在折磨她；為什麼希望蘇榮德接近自己，因為他是全劇的主角，和他共舞，可以滿足自己的虛榮心；還是希望他那個倔強、高傲的人向她低頭，使她感到有能夠征服強人的樂趣？或是還有其他什麼……？

腦子裡亂成一團，小蕙不能也不願再想下去。一直不停的跳，似乎太累了，她覷了一個空隙，用去化妝室做藉口，拿了皮包，便溜出大門。

出了大門，還沒走幾步，便聽到後面有沉重的腳步聲。她靠近路旁，想讓開後面的行人。但後面的人開口了，而且是男高音。

「小蕙，妳去哪兒？」

不用回頭看，就知道是蘇榮德。可是，他為什麼要跟出來？

「回去啊！」

「為什麼這樣早就回去？」小鬍子已和她並肩向前走了。

她本來是想說，這兒多她一個和少她一個都沒有關係，她為什麼還要待在這裡！隨即想到這樣說法不妥，忙改換語氣回答：「我累了，還是早點回去的好。」

也許是小鬍子誤會了她話中的含義，半晌沒有開口，只聽到雙方的腳步聲，像鼓槌擂在路面上。

他又說：「不能再多留一會兒嗎？」

「不必了。」

「我還沒有和妳跳過一支舞呢！」

小蕙的怒火，忽地從胸中竄升。「你不喜歡和我跳，我也不稀罕和你共舞，我們還是兩免吧！」

一輛計程車，在他們身旁停下。她拉開車門，迅速地跨進去，順手將門關起，但小鬍子拉開前門也坐上車。

她說：「你家裡還有那麼多客人，回去招待客人吧！」

「有場地、有節目，沒有我在場，他們一樣會玩得很開心。」

「可是，你是主人。」

「但我這個主人，不能讓妳深夜獨自回家。」

車子疾駛著，一人在後座，一人在駕駛台旁，默默地坐到小蕙家。小蕙下了車，小鬍子才掉轉車頭回去。

小蕙躺在自己床上，又對自己的行為感到後悔。參加這次舞會，雙方都感到不愉快，為什麼不在開始時就拒絕？

這其中有很多不對勁的地方——那許多不對勁，又是什麼呢？

14

王銘亮匆匆地連奔帶跑地趕到黃內科醫院，進了門氣息還是喘哮得像在拉風箱。他在門口停了片刻，覺得自己緊張過度。探望病人哪能這樣的神色倉皇；一定要等到自己平靜下來，才能和病人講話。

這醫院的規模不算小，候診室外走廊的條凳上坐了不少求診的人。服務台上有三位小姐在忙著掛號、收費；但他看不出病房在何處。

從服務台那兒知道病房在樓上，王銘亮一步步踏在樓梯上，忽然想起自己應該帶一束花——鄉間也許不興這一套；實際上他沒有看到這兒的花店——最起碼也該帶點水果或是食物之類，表示禮貌。但現在已太遲了，還能再跑出去買禮物？

這次聽到消息太突然，心理上和時間上都沒有充分準備，只有等第二次來探視，再講究這些俗套吧！

二樓也是長而寬的走廊，兩邊都是病房，怎樣去找他要看的病人呢？

那牆上有住院病患的名牌，人數不多，只有二、三十張床位。他在第二行找到了陸麗麗的名字，她住在第五病房。

王銘亮順著走廊向前走，第一病房、第二……前面不是振宏，正朝著自己走來嗎？

他像看到親人似地高興：「振宏，振宏！」

振宏停住腳步，面色突然凝重起來，冷冷地問：「你來幹什麼？」對方的話彷彿是一桶細沙傾倒在他的頭上、臉上，他眼前朦朧的一片，似乎迷失了，摸不清方向。振宏怎會說出這樣的話！

銘亮仍平靜地回答：「我來看麗麗啊！」

「她不需要你關心，你還是回去的好！」

「我既然來了，」銘亮繼續向前走。「當然要去看看她。」語調雖然平穩，但他胸中的火焰卻熊熊燃燒。天下哪有這樣的哥哥，要阻止客人探望自己的妹妹——而且這位客人是天天和妹妹見面的，既同在一處辦公，又住在一個屋頂下，有房主和房客的關係。他這樣出面阻撓，是何用意？

快到第五號病房門口了，但一直向後退的振宏，突地撤轉身，奔跑在銘亮前面，雙手攔住他，不讓他前進，嘴裡喃喃地發狠：「你探望病人，怎麼不接受勸告？」

銘亮站住了，兩目直視地瞪住對方：「誰不讓我去看她？」

「是她自己。」

「我不信！」銘亮斜著身體，準備擠向前去。麗麗不會阻止他去探視；而且她現在是病中，怎會發號施令。

振宏仍伸著兩手像平交道旁的攔路木，堵在前面。「是醫生不讓客人見她！」

王銘亮猶豫了。探視病人當然應該接受醫院的規定。是關懷病人，希望病人減輕痛苦，才去慰問；如果因此使病情加重，那麼又何必多此一舉。

但是，振宏的話可靠嗎？他一向對他不友善；何況是在說麗麗不願見他，而無法阻止他的行動之後改變話題的，諒是他假藉醫生的名義嚇阻他，他怎能受振宏的欺騙。

「她生的是什麼病？」

「不知道——可能是急性腸胃炎……」

「急性腸胃炎怎麼會不讓客人探望！」銘亮抓住對方的弱點，大聲責怪。「你根本是騙人！」

「騙你又怎麼樣！就是不讓你進病房！」

銘亮的心中怒火仍在上升，不過他不願和振宏鬧得太僵。住在一起，天天見面，如果情感惡化便不好相處；而且是為了探視麗麗的病況爭吵，以後更易引起別人誤會，還是忍讓點好。

「不讓我進病房，也沒有多大關係。」銘亮在言詞和態度方面都盡力忍耐，「但我要請你幫忙傳一句話——」

「我沒有那許多閒工夫！」

「這……太……」

銘亮的話還沒說出口，五號病房裡走出一個少婦，嚴厲地大叫：「振宏，你怎麼這樣對待客人！」

「姊姊，他不是客人——」

「你又胡說了，來這兒看麗麗的都是客人，先生，你請進來坐吧！」最後一句是她點著頭對銘亮說的。

銘亮現在已知道她是振宏的姊姊元芬了。振宏臉上的線條全部抽搐著，宛似非常痛苦，也非常憤怒。舉起的兩臂雖然垂下了，但仍握緊雙拳伸得挺直，彷彿隨時要抓住機會出擊似的。

是聽元芬的話進病房，還是接受振宏的嚇阻退回去？銘亮也感到躊躇，難以決定。

此刻，病房裡又伸出一個男人的頭來，看到他連忙又縮了回去。

就在這極短暫的一瞥中，銘亮覺得那面孔很熟悉，但一時想不起那是誰來。

既然有男性客人探視麗麗在先，他為什麼不能進去。

於是，他衝向前去，向元芬自我介紹：「我是住在你們家的房客王銘亮……」

「我老早就聽說過了，只是還沒有見過面。」元芬的笑意中摻著歉意。「請進去再談吧！」

振宏霍地轉身，向走廊的另一端大步走去，似對他姊姊的出面干涉顯出不滿和懊惱。

當然，銘亮不願放棄這爭得來的好機會，也無暇顧及振宏的態度和行為，連忙走進病房。

病房中有四張病床，但三張床都是空的，只有靠牆的那一張床上躺著麗麗；此刻麗麗的臉龐對著牆，不知道是否睡熟，所以他只能靜靜地站在病房中央。

現在他有時間打量那個坐在麗麗對面空床上的訪客了，左邊額角上有那熟悉的月牙兒似的疤痕——剎那間腦中有火花閃爍：對了，他是金平河！

銘亮心中隨即又跳起另一個意念：難怪振宏不讓他進病房，是為了不讓他見到金平河——也許錯了，該是不願金平河看到他來探望麗麗！

管他是什麼理由，現在已進了病房，就不必追究振宏那狹窄的心胸了。

他和金平河既然見過面、講過話；而且現在同時來探望麗麗的病況，為了禮貌，他不得不先向對方點頭：「金先生，你好！」

但金平河的面孔僵硬地拉長著，愣了好大一會兒才氣鼓鼓地說：「我很好，我不需要你來看我！」

銘亮感到好氣又好笑，對方怎會說出如此幼稚的話。為了表示風度，他還是微微笑著說：「金先生，你誤會了，我不是來看你，我是來看陸小姐——」

「陸小姐更不需要你來看她！」

躺在床上的麗麗突地翻轉身來，軟弱無力地說：「金……金平河，你……你怎麼這樣說話！」

金平河像是自言自語，又像在告訴麗麗：「這個姓王的真是討厭——」

「討厭的是你自己！」麗麗搖著頭、擂著雙腿氣憤地說。

元芬忙上前打圓場。「王先生請坐啊！麗麗，妳要少說話，剛打過針好一點，不能發脾氣。」

銘亮沒有坐下，也不想坐下，忙上前一步親切地問麗麗：「好一點了嗎？」

「小毛病，沒有什麼了不起，只怪我爸爸緊張，」麗麗笑一笑。「不到醫院來，在家裡躺一躺，馬上就會好的。」

「有病還是住醫院方便。」銘亮安慰她。

「可是，勞動大家，真不好意思；尤其是你那麼忙，特地跑來看我——」

麗麗的話還沒說完，金平河霍地站起，大聲生硬地嚷道：「麗麗，我走了，再見！」

金平河沒有等到麗麗回答，也不顧元芬的招呼和道謝，昂頭挺胸，兩目直視地衝出病房。

銘亮的脊背像被敲了一棒，躬在麗麗床前，似乎無法挺直。他沒有擠進來妨礙金平河和麗麗親近的意思，但現在很明顯的，金平河對他有了誤會，該說是很大的誤會；而且處在這尷尬的場面，他將怎樣走出病房。

「神經病！」麗麗詛咒著。「不要管他，你請坐啊！」

他坐在金平河原來坐的床上，忽然意會到不對勁——明明是趕走別人，占據別人的位置——忙又站起讓元芬：「妳也請坐啊！」

但元芬還是要他在原位置坐下。他不想多干擾病人，問了元芬，才知道麗麗是猛吐猛瀉，情勢非常嚴重，才立刻送醫院。經注射和服藥，病狀已被遏止，只要慢慢休養就好了。

銘亮了解情況以後放了心，覺得不便在病房久留，乃辭別了她們姊妹，匆匆下樓。

出了院門，感到一股清新之氣，沁入肺腑。除了外面的空氣比醫院內清新外，最主要的還是在受到振宏以及金平河的壓力，離開醫院像卸去了重擔，特別感到輕鬆。當然，在了解麗麗的病況並不嚴重，而且很快就可以出院後，內心更覺得愉快——但這也使自己感到驚訝，他對麗麗竟是如此的關懷；尤其在聽到她住院的消息後，恨不得立刻飛到她身旁安慰她、照顧她。即使小蕙病了，也不過如此……

怎會有這樣想法呢？她和小蕙是不能放在一把天平上的。麗麗是同事、房東、「額外」的學生；而小蕙是他未婚妻，他對她們二人之間感情的分量不同、距離不同——小蕙的形影很久未在腦中出現，今天怎麼一下子和麗麗的面龐同時出現？

在轉過彎要進入窄窄的短巷時，有兩個青年人背對著他堵住巷口。銘亮想斜著身體，在二人中間擠過去；但隨即覺得不妥。於是輕拍一個穿夾克的肩膀，禮貌地說：「對不起，請讓一下——」

被拍的人霍地轉過身，怒吼著道：「你這個人怎麼這樣討厭！老是不識相、不知趣！」

銘亮的心突地往下一沉，整個人像從高山的山巔，悠悠忽忽的墜入深不見底的峽谷。

對他怒吼的正是金平河！

在金平河身邊的是陸振宏，也滿臉冷峻的瞪著他，彷彿準備隨時吞噬他似的。

他們該不是尋釁來打架的吧？這是王銘亮進入腦中的第一個意念。

王銘亮站隱了腳步，表現出不畏、不懼的態度，仍面帶笑容柔和地說：「我並沒有冒犯你啊！」

「你要怎樣才算是冒犯？」金平河氣勢逼人。「你為什麼不早早的離開這兒？」

「你要我到哪兒去？」

「你從什麼地方來，就該回到什麼地方去！」

銘亮見對方臉上的疤痕，在亮滑滑的閃爍，似乎把憤怒已全部寫在面龐。但是，他覺得生氣的應該是自己，而不是金平河。他遵循本分的上班、下班、探訪同事，從沒有惹是生非，去干擾別人；只有對方才用蠻橫的方法和手段，處處欺凌他、壓逼他，擠得他無路可走。

然而，他仍不願和對方鬥氣，壓抑著胸中怒火，微笑著說：「那是你個人的意思，我無法做到。」

「我個人的意思？誰說的？」金平河雙手扠腰，搖晃著肢體。「我們全鄉的人，都不歡迎你，你知道嗎？」

王銘亮搖搖頭，表示不知道，也表示不相信。

「你不相信可以問他。」金平河的嘴唇向陸振宏噘了一噘。

振宏插嘴了。「沒有錯，他說的一點都沒有錯。不但全鄉人不歡迎你；就連我家的人，也沒有一個願意你留下。你一定沒有自知之明，所以才厚著臉皮住在這兒——」

金平河搶著說：「要走就趕快走，不要勸酒不吃吃罰酒——你該懂得我話中的意思了吧！」

他看到金平河握緊兩隻拳頭，在他眼前搖晃了一陣，才和振宏互挽著手臂，跨著大步離開。

王銘亮愣愣地看著他們的背影，慢慢地消失。他咀嚼著金平河說的每一句話。但他在懷疑：金平河是代表全鄉的人？振宏是代表姓陸的全家？

15

小蕙在客廳裡放下報紙，拿起書本翻了兩頁，又抓起一本書報瀏覽。但什麼都沒看進去，只是覺得心中煩躁和不安。

許美玲打電話給她，說是四點鐘來這兒，有好消息要報告；但現在已是四點二十分了，還沒見美玲的影子。

她真有點怪美玲故意賣關子，有好消息，為什麼不在電話裡說，卻要等到見面再談，真是活見鬼。

那就耐心等待吧！

巴黎的時裝、水仙皇后選拔、年輕的歌星回國度假、超級武俠巨片開拍……總是這些無聊的鏡頭。她拋開畫報，準備撥電話罵美玲時，美玲已悄悄地進來了。

美玲把皮包拋在沙發上，接著坐下大叫：「我為妳跑得累死了，妳一定要請客！」

「請客？」小蕙心中的怒火，又被撩撥上升。「我不罵妳就算是客氣了，還要我請客！」

「好吧！妳不請客，我馬上走。」美玲說著已站起身，抓起皮包，向門外走去。

小蕙見她像是很認真的樣子，連忙攔住她。「妳先把好消息說出來，看值不值得請客。」

美玲又坐下，東張張、西望望，像是故意按捺她焦急的性情。小蕙對她無可奈何，只好裝著不介意的樣子陪著聊天氣、話家常。

美玲似乎已折磨她夠了，才認真地問：「妳真的要到外面去工作？」

「為什麼要和妳說假話！」

「老伯會答應妳的無理要求？」

「那是我自己的事。」小蕙覺得美玲使用的字眼不太妥當，連忙提出更正。「我的要求，怎會是『無理』！」

美玲笑了起來。「有理、無理，是在乎別人的看法。自己的工廠，還需要很多的人才；而自己的女兒卻要向外發展——在老伯看起來，不是『無理』，難道算是『有理』？」

小蕙沉思了一下，美玲的話算是說對了一半；但她今天特地跑來，就是為了和她

「抬槓」。是不是「有理」，那還要等父親作判決哩！

「妳所說的盡是題外話，」小蕙立刻反駁。「妳說的好消息，到底是什麼？」

「妳的工作已經找到了，還不是好消息。」

「不要騙人，妳的話誰會相信。」

美玲站起身，急得跺腳。「誰騙人？我告訴妳，妳明天就可以上班！」

小蕙突然愣住了。以前只是口頭說說的，根本就沒有把這件事當真，現在，居然變成事實——她要靠自己的力量謀生，不靠父親，不靠家庭，那將是一種什麼滋味呢？父親會怎麼說？別人又有什麼看法？她自己在新環境中能夠適應嗎？

當然，這是一個機會，這是一個磨鍊自己，使自己長大、成熟的機會，她不應該放棄。

小蕙又重複了一句：「妳是說我明天就可以上班，開始工作？」

「對的，沒有錯。」美玲堅定地回答。「不過，妳要填一些簡單的資料——」

「那個我知道。」小蕙搖搖手，急著追問：「妳說的是在什麼機構？」

「妳猜猜看。」

「機關那麼多，我怎能猜得到！」小蕙怪美玲一直賣關子，不把事實真相說清楚，惹得她滿腹猜疑，心情忐忑不定。「妳還是打開天窗說亮話吧！」

「好，我告訴妳：妳和我又多一層同事的關係——」

小蕙搶著說：「我和妳在一起工作？」

「那還不好？同學加上同事，親上加親……」

「不要胡說，我不幹！」

美玲倏地站起身，繞著她身旁旋轉，兩目注視她，似乎要重新估量她的身高、體重，更像久別的友人重逢，要仔細辨認一番。

「妳不是在開玩笑吧！」美玲站在她面前冷冷地問。

「當然不是。」

「不幹的理由是什麼？」

美玲是應該想得到的。她的脾氣、她的好強，美玲都清清楚楚，又何必明知故問。

看樣子，不把話說到底，對方不死心；而且是老同學，也不必隱瞞，還是直說吧！

「因為妳的老闆是蘇榮德。」

「蘇榮德又有什麼不好！」美玲愣了一下，坐在她對面喊嚷地說：「他做他的老闆，我做我的職員。按規定做事，按月分拿錢，老闆又拿我們怎麼樣？」

小蕙默然，低頭互相撥弄自己的手指。不知是美玲真的不懂行情，還是藏起心肝裝糊塗。小鬍子蘇榮德，找很多機會接近她；而她躲避對方還來不及，怎能鑽進他的門牆，接受圍攻。

但這些不便明說，小蕙仍側面反駁。「那是妳的情況，我和妳相比，就大不相同了。」

「為什麼不同？妳說。」

經美玲這樣一反詰，她感到無話可說。這也許是她自作多情，蘇榮德知道她已經訂婚，也知道她討厭他，和她接近時的冷落和怪誕，不正好說明他輕視她的存在嗎？該怎麼回答美玲的話呢？她和美玲雖然非常接近，但心中的私話，還是說不出口。

好了，總算找到理由做藉口了。「因為妳在進他公司之前不認識他；而我是在認識他之後，再去他那兒工作——」

「小姐，妳不必胡謅了。」美玲切斷她的話頭。「我知道妳的心意。妳是怕蘇老闆成天纏著妳，對不對？」

小蕙的雙目注視著對方，不想承認，也不想否認。

「我告訴妳：那天在舞會上，有個綁著兩條長辮子的小姐，和他親近得不得了。

過不了幾天，不是請我們吃喜酒，就是請我們吃喜餅。妳還顧忌個什麼？」

「不……不……」小蕙囁嚅著。

「再說，人和人之間的距離，不是由『空間』來決定的。『無緣對面不相逢，有緣千里來相會』，妳不相信這句俗話？」

小蕙的心尖顫動了一下。美玲的話，句句射入她的心坎。如果說對方的話不對嗎，似乎她每句話都有道理；要承認美玲的觀點正確嗎，而心底總覺得有點不大對勁。

她沉思了一會兒，倏地腦中似有火花閃爍，忙搶著問：「要我去那邊工作，是妳告訴蘇榮德，還是蘇榮德要妳來找我的？」

「這又有什麼值得懷疑的。」美玲說。「我們那兒最近有個會計小姐要離開，我向蘇榮德一提起——我不先向他提起，他怎麼會知道妳要到外面去找工作——他毫不考慮地就答應了。真想不到妳反而搭起架子來了。」

「不要胡說，我搭什麼架子！」小蕙立刻反駁。「我只是要慎重考慮、考慮……」

「這又有什麼好考慮的！妳現在做起事來，總是婆婆媽媽的。要去，明天就上班；不去，我馬上就告訴蘇榮德，要他另請高明。你應該想得到，要進我們這公司的人，不知有多少呢！」

美玲的話說得又急、又快，彷彿是要她去看場電影，或是逛條馬路似的不必費神推敲。但她的工作變動，要牽扯到很多人，第一是她爸爸、第二是王銘亮……她能不顧一切，盲目地答應？再說，老闆又是蘇榮德——

蘇榮德的形象，迅捷地在小蕙腦中閃過。她忽然想起，距離對方愈近，愈能看清對方、了解對方。如果蘇榮德有什麼野心或不軌企圖，她倒要抓住機會仔細的看個清楚。

「好吧！」小蕙堅定地說：「我明兒就去上班。」

美玲愣了一下，笑著伸出手：「一定？」

小蕙也伸出手，緊緊地握著：「當然一定！」

16

王銘亮走近總幹事陳明書辦公室的門口，忽然又躊躇起來，不知道自己是進去好，還是掉轉身向回走的好。

雖然他對自己的事，考慮了一夜——整夜沒有好好睡熟——算是決定了；但此刻走到陳總幹事門前，又覺得自己的決定太草率、太荒謬了。

他必須再用更多的時間考慮，才能鄭重的提出來，將來才不會後悔。

他已踅轉身軀往回走，但身後響起陳總幹事的聲音：「銘亮兄，進來吧！我正有事要和你商量呢。」

不能退回，只好硬起頭皮闖進去。

還沒有坐定，陳總幹事就笑著對他說：「最近心情是不是不大愉快？」

他吃了一驚，緊張而且戒備地問：「誰說的？那是沒有的事。」

「不必解釋。青年人，那是難免的嘛！」

銘亮見他連連搖著雙手，似乎不相信他的解釋，也不讓他解釋，他也無法辯駁，心中還是在考慮著馬上要提出來的難題。

他不得不另覓話題。「雜糧專業區，已按照計畫開始耕種，總幹事一定感到很高興。」

「高興？」陳明書歪著頭顯出困惑的神情，彷彿不明白他話中的含義；但剎那間似乎完全明白過來了。「當然高興，不過——美中不足的是……」

總幹事沒有接著說下去；但銘亮已知道那指的是金德豐，到現在為止，他不但沒有參加雜糧作物生產專業區的意思，相反的還千方百計的在做破壞的工作。

「他是親口答應的！」銘亮也感到胸中氣惱向外膨脹。「為什麼不兌現？」

「那是在他競選理事長之前——」

陳明書猛抽著香菸，宛如要把下面那句話吸進腹中。銘亮知道那半句未說出口的話是：競選理事長失敗之後，當然就不參加生產專業區了。

用這樣的附帶條件，來參加選舉，難怪不能當選。現在的農會理事們，都能看清金德豐的嘴臉和內心底牌，銘亮也為整個農會高興起來。

「他不參加『生產專業區』種玉米，還是小事，」總幹事眉頭皺緊，顯得非常懊喪。「他要獨自種落花生，建加工廠，破壞整個專業區的氣氛！」

「豈有此理！」很不容易發脾氣的王銘亮，也覺得無法按捺胸中怒火。「他為什麼說話不算話，我要去找金德豐算帳——。」

「不必，不必了！」陳總幹事搖頭又搖手。「他競選失敗的餘怒未息，理智盡失，說也說不明白，你去談了以後，反而會更糟。」

王銘亮凝視著陳明書面部慌急的表情，不明白他所說的和金德豐談了會更糟的理由。既然總幹事不讓他去，他也懶得多管閒事——這根本不是他分內的事，何況自己的煩惱，正一層層地壓降下來，纏繞著自己，他應該設法解決自己的困難才對。

「對啦！」陳總幹事像突然想起什麼似的。「你住在陸家是不是有什麼不方便？」

「很方便。」

「你一個單身漢，和一個家庭的生活不調和，為什麼不轉換一下環境？」

銘亮真感謝總幹事的細心和體貼，農會的業務，是又忙又雜，陳明書還會想到他的個人生活，平常在公務上已指導他很多；在私人生活方面，不能再使總幹事費心勞神了。

「不錯。」銘亮深沉地說。「我正好有轉換環境的打算，今兒我特地來和您研究——」

「那太好了！」總幹事一躍而起拍著他的肩膀。「我們真是『英雄所見略同』！」

銘亮怕對方誤會他的意思，忙搶著解釋：「我是想離開貴鄉……」

「什麼？你是說辭職不幹這個工作了！」

「可以這麼說——」

陳明書阻止他的話頭。「不能這麼說，千萬不要這樣說！你在這兒的工作表現非常的好，大家都敬佩你，你怎會有這種想法？」

「那我——我……我也是被逼……不得已——」

「被逼？」總幹事跳了起來，直著嗓門大嚷：「你告訴我，是誰逼你？」

自己的私事，當然不能告訴陳總幹事。而且金平河是誤會他追求陸麗麗，才會有這些怪舉動；實際上他對待麗麗，像是同事、兄妹……根本沒有任何企圖。這只要問心無愧，用不著公開說明，更不願顯示弱點，去向金平河解釋。解釋又有什麼用？金平河是不會相信的。

可是，現在怎樣向陳明書說出自己的心境呢？

不能說，銘亮在心底警告自己。本來什麼事都沒有，經他這麼一說明，反而弄巧成拙。

「這兒沒有人逼我。」銘亮故作輕鬆地說。「只是我家裡的人，不讓我住在鄉下，要我回到城市去工作。」

「城市裡有什麼好，人聲嘈雜、空氣汙染、交通壅塞、生活緊張……」

「但我家裡的人，認為我住在鄉下，一切不方便。」銘亮說到這裡，突然想起小蕙說的：「農村沒有前途，沒有發展，到了城市，一切都會改觀。」不過，他不相信小蕙的話。他還是原來的這個樣兒，不認為城市就會有多好的前途，多大的發展。

銘亮覺得自己說的理由並不充分，忙又加了一句：「我自己也覺得在這兒做不了什麼事，幫不了什麼忙。不如回去另作打算。」

陳總幹事眼珠骨碌碌地盯住他瞧：「你現在是不是已另有高就？」

「沒有。我只是初步計畫，所以要和總幹事商量後再做決定。」

「那太好了。我勸你不要隨便更換工作崗位。」

「為什麼？」

「你剛到這兒不久，工作性質才摸熟；另換新工作，前功盡棄不說，還會給人家壞印象。」

銘亮心往底下一沉：「怎麼會？」

「人家會說你不穩重，見異思遷。」陳明書搖了搖頭。「你如果感到住的地方不理想，我可以幫你想辦法，另外找地方居住。」

「那是我自己的事，別人的看法影響不了我。」

總幹事仍追著問：「你要不要另外換個住的地方，調節一下生活環境？」

為什麼總幹事一直要他變換住的地方？是不是他也知道別人將他扯入有關麗麗的誤會？如果藉這機會離開陸家，也許金平河以及陸振宏會減少對他的敵意。但是，那樣做會表現出他的怯懦。再說，他本來就對麗麗沒有任何企圖，為什麼要退避！

「不要。」他堅決地回答。「如果我不離開這工作單位，也不會離開陸家。」

陳明書默然了一陣，再認真地說。「千萬不要有離開這兒的念頭。如果我有代表性，那麼現在我就代表全鄉的農友挽留你！」

銘亮站起來，緊握著陳明書厚實而有力的手，感謝他的誠摯。

他離開總幹事的辦公室後，忽然覺得金平河和陸振宏講的話，以及施用的壓力，卻輕微得沒有四兩重了。

17

「王銘亮，你去哪兒？進來啊！」

銘亮突地一愣，想不到是誰在叫他。

他見陸家客廳有客人，向例是迂迴走進自己房間的；現在既然有人這樣親切地招呼他，當然不能裝糊塗，只有硬著頭皮走向客廳。

才走了幾步，客人已迎出門口，銘亮也驚叫起來：「顏興華，你是什麼時候來的？」

「剛到不久。」

兩人熱烈地握手。坐定後，顏興華告訴他是因為有幾天假期，才來探親，順便訪問老同學。

他們從分別之後的瑣事，談到銘亮現在的工作情形。

興華問：「工作是不是得心應手？」

「勉強可以勝任。」

但陸耀農插嘴了。「王先生在我們鄉裡，人人都說他好，工作成績很棒。」

「這是哪兒的話。」銘亮忽然又想起金平河的威脅。「我聽說人人都討厭我，希望我趕快離開，我現在正準備辭職了哩！」

「真的？」興華不信地問。

「這樣的事，還會說假話。我已和陳總幹事談過——」

陸耀農搶著問：「總幹事怎麼說？他會答應讓你離開這兒？」

「總幹事沒有權決定我的去留。」銘亮解釋著說。「我只是和他交換意見——」

「他怎麼說？」老人家還是性急的追著問。

「他不贊成我離開。」

「這就對了。」陸耀農拍著手掌表示高興。「如果你離開此地，這兒的雜糧生產專業區的計畫，推行起來就沒有那樣快了。」

「老伯真是太誇獎我了。」銘亮感到不好意思，同時他想到有關雜糧專業區的工作，是他盡義務兼顧的，本身的業務，還沒有開始去做；但在這兒不便說明，何況談也談不清，只有含混地敷衍著說：「實際上我年輕，經驗也不夠，做起事來吃力不討好，所以……」

顏興華攔住話頭：「你怎麼會有不幹的念頭？」

他怎麼回答這問題呢？其中曲折和原委是無法在這兒說明的。

王銘亮想起陳總幹事的建議，臨時抓了一個理由：「鄉下住不慣，便想到轉換環境。」

「不像，不像。」興華連連搖頭。「這不成為理由，我知道你的脾氣，你一定是受了委屈！」

銘亮笑著搖頭。

可是，陸耀農顯出不安的表情，惶惑地問：「王先生是說，住在我們這兒不方便？」

「太方便了。」銘亮忽然想起振宏說話時的表情和腔調。「不過，我覺得住在這兒太久，麻煩你們全家太多了，實在過意不去，所以——」

「所以，便想辭職？」陸耀農接著問。

「是的。」王銘亮內心雖然有很多話要說，但覺得無法說出口，只有勉強地點頭，但他立刻抓住機會解釋。「我覺得最起碼應該搬家，不要老是麻煩別人。」

「這是哪兒的話！」陸耀農有點激動。「不是你麻煩了我們，該是我們麻煩了你。如果你真是這樣想法，你就趕快搬吧！」

顏興華站起來，揮動雙手。「不會，不會。我想，絕對不會。這事交給我辦——我是原介紹人，會把事實真相摸清楚，現在先吃飯吧！」

吃飯時，大家談得很開心，都再沒有提起辭職、搬家的話；但陸太太在飯桌上，卻誇了王銘亮許多優點，不抽菸、不喝酒，既肯用功，又沒有壞脾氣，比他們家振宏不知好多少倍（振宏當時不在場），說得銘亮感到很難為情；但從這兒也可證明，振宏所說全家不歡迎他的話是不正確的了。

飯後，談了一陣家常，顏興華進了他的房間，關起門，神祕地問：「出了什麼事？」

銘亮感到驚訝：「你這是從何說起？」

「我全知道，你不必瞞我。」興華認真而嚴肅地說：「你知道我今天為什麼要來這兒？」

「你不是說來度假嗎？」

「哪兒來的假期！」興華右手一揮，像是要揮去一層層網幕似的。「這兒有人要我來的啊！」

「那是誰？」

「這是一件祕密，我暫時不能奉告。」

銘亮感到迷惑起來。誰關心他的事？又有誰把他的困境告訴興華。事實上他只是心理上受壓力，人們都不了解他的想法，怎會有人把他的事告訴興華。

也許是興華想故意用話套出事實真相。

「你既然這麼說，」銘亮坦然地報告。「我也可以告訴你，我在這兒幹得很好。總幹事很器重我；你看到的，陸家的人，對我印象也不壞。」

「當然，當然。我不是指的公事，而是問你個人方面的，有關情感——」

「那更是風平浪靜。」銘亮立刻切斷對方的話。「我在這兒生活正常，從這兒去辦公室，再從辦公室回來，任何地方都不去。」

「你的話沒有錯，壞就壞在什麼地方都不去。」興華忽然湊近他，神祕地問：「你愛上了麗麗，對不對？」

銘亮倏然跳起，驚詫地大聲問：「誰說的？」

興華搖手，再示意他坐下。「你不要問誰說的，先告訴我，是不是事實？」

他感到一陣茫然。怎會有這樣傳說？而且在遠地的興華，居然會相信這沒有根據的猜測，還鄭重地向他提出疑問，豈不是荒唐！

「這話不應該由你嘴裡說出來！」銘亮責怪地說。「你知道我這個人的本性，也知道我和小蕙的事，怎會聽信別人的謠傳！」

「當然知道，但你和小蕙只是訂婚而已。」

「那已具有一種約束的力量。」

「理論上是如此，但事實上你到底怎樣呢？」興華又低聲地說：「真人面前不必說假話。任何事，你都不必瞞我。你應該相信，我是全部支持你的。」

興華的盛意雖然可感，但銘亮自忖，心中確實沒有對麗麗存過追求的意念，怎能在興華面前承認。

銘亮沉思了片刻，嚴肅地說：「你也應該相信我。直到現在為止，我心愛的仍是小蕙。談到麗麗，我只是以妹妹身分看待她。」

他說的是真話，所以在表情和語氣方面，都顯得從容自然。

興華的臉上滿佈困惑，口中喃喃地說：「可是別人不這麼想，也不是這麼說。」

「別人是誰？」

「你先不要問。」興華在房中踱著步，似在思索處理問題的方法。他接著喃喃地說：「這問題好像不簡單。本來我只打算隨便談一談，不必多管閒事；現在看樣子，不能撒手不管。」

「本來就沒有事，你何必空費心思！」

「有事，一定有事。」興華逼住他問：「有沒有人要你搬家？」

銘亮躊躇了一下：「有。」

「是善意的？還是惡意的？」

他想到總幹事，又想到金平河。「都有。」

「你是不是準備離開這兒？」

到現在為止，他對自己的處境還不十分清楚，也沒有下定決心；但在興華面前，不能表示怯懦和優柔寡斷，不得不採取緊急措施。

「我沒有離開的理由。」銘亮回答得又乾脆、又堅定。「如果我離開這工作崗位，當然要搬走；如果不辭職，我為什麼搬家？」

「對，你說得對！」興華用力拍著他的右肩，表示嘉許。「我支持你的意見，贊成你的做法，不必退讓！」

銘亮心裡感到有一股暖流在蕩漾，理直氣壯地說：「不管大事、小事，我沒有做錯一點兒，為什麼要退讓！」

興華頻頻點頭，若有所悟。「我要留在這兒幾天，把你的事弄個水落石出。」

18

小蕙進了新的工作單位以後，她以為天天可以看到蘇榮德，或是蘇榮德天天會找機會來接近她。但她的想法完全錯了。

只有第一天上班，美玲帶她去總經理室見過蘇榮德一次以外，再沒有見過他的人影。她和美玲雖然隔得很近，但在兩個不同的小辦公室，除非有公務聯繫，或是上下班的時候，才能聚晤。新同事相處不久，不便多談；而業務又不熟悉，所以工作起來，感到很吃力。只希望日子一天天過去，工作一天天地嫻熟；但心中一直存著問號：「為什麼不常常見到蘇榮德？」難道是成為他公司裡的職員，他就失去對她的敬慕了。

有時，她對自己有這種想法，感到歉疚。難道她來這兒工作，就是為了遷就他的敬慕？不論蘇榮德對她印象如何，她的身高、體重是不會增加一分，或減少一分的，為什麼一直在胸中迴繞這念頭？

儘管這些矛盾的想法，經常在腦中絞纏，但她仍希望見到蘇榮德，或是蘇榮德來看她，甚至找她去總經理室，她也樂意前往。

想到這兒，小蕙感到大吃一驚；但隨即覺得好笑。如果蘇榮德真的來接近她、找她，她根本就不會理睬對方；蘇榮德若利用職權，她馬上便會辭職不幹！

日子就在這愁悶和矛盾中度過；除了和美玲談天——當然不能談心中的私事——就是跟銘亮寫信。她開始發現銘亮的信寫得不勤，而信中的內容，也比以前簡化了很多。總是談一些生產專業區，以及什麼種子改良、培育的事，她實在也不感興趣。

不過，她很諒解銘亮。農村中生活單調，只有面對土地、耕種以及那許多計畫，在信上有什麼好談的哩！

上班、下班、寫信、讀信，像就是她生活的全部。她現在唯一的希望，就是銘亮厭倦那份工作，回到她身邊來，一切的情況就會改觀。

小蕙這樣期待著。

一天，快要下班了，她已整理好桌面文具及所攜帶的東西，但美玲忽然走進，悄悄對他說：「蘇鬍子找妳。」

「什麼事？」

「誰知道。」

「只我一個人？」

美玲著用手帕抽打她。「妳那麼緊張幹麼？」她說：「我要陪妳一道去見他。」

經她這麼一說，小蕙也感到自己太緊張了。蘇榮德是她的老闆，召見、傳喚、不是挺輕鬆、挺平常的事，為什麼要大驚小怪。

見面了，真沒有什麼事。蘇鬍子從那張大辦公桌後面站起，請她們二人坐下，他還要打一個電話，接洽公務。

小蕙突然覺得蘇榮德坐在辦公桌上，比在任何場合威嚴、有風度。尤其他一手握聽筒，一手抓著原子筆在記事簿上迅速揮動時，更像個生意人——業務經理；而他在飯店、在舞廳、在旅途中……那些古怪的動作和尖刻的言語，確使人討厭，此刻待在這兒，對他就沒有那種討厭的感覺了。

打完電話，他走近她們，輕鬆地說：「為了歡迎小蕙，今兒晚上我請妳們吃飯，好好慶祝一下。」

美玲看了小蕙一眼，忙搶著說：「我要打個電話，告訴溫平一聲。」

「不必了，我已通知他，在飯店見面。」

可是，小蕙有點不服氣。這個人怎能那麼硬作主張，料定她們準會應邀，所以一切都安排妥當，不讓她有表現自己意志的機會，又顯出那副令人討厭的本色了。

「我們也許沒有時間……」

小蕙的話沒有說完，蘇榮德忙接著說：「我是早就想預先邀請妳們的，但是一坐上辦公桌，雜七雜八的事就纏著我，腦子裡沒有一點空隙，直到快下班的時候才想起這件事。」

她往美玲的臉龐看去，正碰上美玲的目光，似乎在告訴她不必爭執了，就勉強答應吧。

然而，她真嚥不下這口悶氣。看起來，蘇榮德穩以老闆自居，料定她不會拒絕，才有這一著棋。難道他就沒有想到，她是隨時可以辭職不幹的呀！美玲似乎已看出她的猶豫，拉長聲調打圓場。「去就去吧，沒有什麼大不了的事。金溫平也說好久沒有看到妳了，要和妳好好聊聊哩！」

「走吧！」蘇鬍子不等她否決，便立刻下命令。「我先去把車子開到門口。」

等他跨出辦公室，小蕙對美玲說：「妳看他這個人好自大、好有自信。」

「妳的看法可能不正確。他是個大而化之的人，不拘小節呢！」

沒有什麼好辯論的了。小蕙這才知道，蘇鬍子為什麼要美玲和她在一起，那全是代表他發言的說客嘛！

小蕙覺得很不自在，雖然下班了，她仍然感到樓上、樓下的辦公室窗口，有人在偷偷窺視她們。實際上，她沒有做錯任何事，為什麼會有怕別人看的感覺；而且，她是和美玲在一起的，更不會惹人注意，何必心驚膽戰。

美玲讓她坐在蘇榮德的駕駛台旁；但她還是不顧坐車禮貌，和美玲並排坐在後座，直駛向目的地。

果然不錯，金溫平真的在飯店中預訂的房間等他們。大家吃、喝，談笑很開心——兩位男士喝酒，她和美玲喝可樂。

小蕙原以為金溫平會和她談很多話；但蘇鬍子一直和他談生意經，似乎忘記了她們的存在。只有在端上一道菜，為她們佈菜時才想起了她。好在她與美玲談時裝、談佩戴、談辦公室中的小插曲……好像也永遠談不完，當然也忘記桌上有另外兩個大男人。

別人看來，也許會覺得很可笑。他們四個人，像是兩批互不相識的客人，臨時拼在一桌吃飯。

房中突然寂靜下來。小蕙猛吃一驚，環顧四周，見大家的目光，都在注視她。不知道他們談些什麼，也許正談到她，而她因剛才入神沉思，致沒有聽到——她不自覺地感到面頰一陣滾燙，只好低下頭喝自己面前的可樂。

美玲輕輕用手肘觸她，低聲說：「他們問妳，要不要參加飯後的餘興節目？」

「去哪兒？」

「隨妳的便，妳是主客。」金溫平的聲音很大，大得幾乎使她把耳朵掩起來（也許是因為特別說明她是主客，感到無法入耳的緣故）。「可以去聽歌、跳舞、看電影……」

小蕙連連搖頭。「不去，我都不要去。」

「去打保齡球怎麼樣？」蘇榮德接著徵求意見。

可是，她從沒有去過那種場合。第一次去打球，一定會出洋相，所以她仍搖著頭固執地說：「我也不想去。」

大家都僵住了，似不知道如何應付這尷尬場面；但小蕙反而有一陣欣慰的感覺。猶如她一下子擊敗了對方——兩個聯合起來使她處在難堪地位的紳士——一種勝利的滋味，從心底慢慢升起，她覺得自己突然重要起來。

「那麼，妳怎麼辦？」金溫平含混地問。

小蕙一時也無法了解金溫平話中的含義。「你們去吧，我可以回家。」

「那怎麼行？」蘇榮德說。「要去，大家同去；不去，統統回家。」

小蕙認為自己的意見，已充分表示明白，沒有再重複的必要，所以只靜靜地坐著。

沉默纏繞著大家。金溫平倏地大叫一聲。「哎唷！」他的手插進上衣口袋亂掏。「我忘記告訴小蕙一件重要的事！」

「告訴小蕙？」蘇榮德側著頭發出疑問。

小蕙當然也注視金溫平的動作；但對蘇鬍子提到她名字時的自然和流暢，彷彿從未經過思考，同樣感到驚訝。

然而，金溫平的兩隻手，在上衣胸前的兩隻插袋，並未掏出任何文件來；又伸手去摸長褲的口袋。

蘇榮德皺了皺濃眉，似乎等得不耐煩。「你有消息，就趕快說吧！不必找證據了。」

美玲也笑了起來。「何必那麼緊張，先把重要的事說出來，然後慢慢再找；不要叫大家都等著你。」

「好吧！」金溫平放棄袋中的搜索。「我接到朋友的一封信，談到在農村工作的王銘亮——」

金溫平的話頭頓了一下，似在用力思索下面的話如何接上去。

但小蕙按捺不住躁急，搶著問：「銘亮怎麼樣？」

「他……他的情況不……不大好。」金溫平結結巴巴地說。「當然，那也很難說……」

「他到底怎麼樣？」小蕙對金溫平的態度，感到非常不滿。「請你照實說，我不會見怪的。」

金溫平的目光從蘇榮德的臉上，滑到美玲的面龐，彷彿在徵求別人的同意。

「說吧！」蘇榮德的反應很快。

美玲也嗔怪起來：「你今天怎麼搞的，說話吞吞吐吐，說半句，留半句，真急死人。」

金溫平用手指猛梳髮梢。「他又在談戀愛——」

「和誰？」美玲大概嫌他講的不清楚。

「當然是另外一個女孩子……」

小蕙倏地感到頭腦暈眩起來，身體似乎墜入五里霧中，有一種虛浮和不實在的感覺。剛才嘗到的那種勝利的甜果，一下子就變成苦澀了。

她失敗了，敗得很慘，在這麼多人面前，尤其是在蘇榮德面前，顯出尷尬的窘態。此時她真希望這兒就是海洋，可以立刻沉到海底。

然而，她不能讓自己就這樣慘敗，必須抓住盾牌，或是找一件防禦的遮身武器。

「我不相信！」小蕙掙扎著，自信和懷疑奮鬥著。「銘亮不是那種人。」

「我有憑有據，」金溫平的雙手，又在上衣和長褲的口袋摸索了。「我一定要找出來，拿給妳看。」

「不必看了。」小蕙想到那證據，不一定真實。「我要問銘亮；還要親眼看到，我才相信。」

大家又愣住了。目光互相照射，不知用什麼話填實這間隙，才能氣氛輕鬆、調和。

美玲用關切重於責備的口吻問：「你是聽誰說的？」

「和銘亮常在一起的一個朋友——金平河。」

小蕙站了起來。「請大家放心，這是小問題；我會去查清楚的。」

她不顧三人臉上的表情，便向門外衝去。

19

銘亮近來工作勤奮，除了在辦公室整理公文、草擬計畫外，還要到專業區做實地的試驗和觀察。

他研究大面積的機械耕種，種子改良，協助辦理共同產銷業務；而他自己本身的業務——病蟲害的防治，更是毫不放鬆。所以忙得很起勁，也覺得很有意義。每天都是早出晚歸，和陸家的人很少有碰面、談天的機會。

一直到麗麗出院，他因忙並沒有再去探望她。當然，這完全是他自己掩飾的理由。自從去醫院探望她受了委屈以後，他儘可能避免和她在一起；何況顏興華也誤會他在和麗麗戀愛。

興華了解他如此之深，尚有這樣的誤會；有這類似誤會的不知還有多少人呢？

晚上，他坐在書桌旁，想到受如此的冤枉，真覺得跳下黃河也洗不清。早知道住在陸家，會惹上「瓜李」之嫌，還是搬得遠遠的好。

正在思索、懊惱之際，忽聽到輕微的敲門聲：

「篤……篤……」

銘亮猛地被驚醒，大聲問：「誰？」

是尖尖細細的語調：「是我，我可以進來嗎？」他聽出聲音來了，倏然躍起，不明白自己是想做開門還是做關門的動作。但隨即又傾跌似地頹然坐下。

「請進。」他微弱地說。

麗麗推門進來了，正想隨手關門時，她似乎猶豫了一下，讓一扇門自然地敞開。

銘亮連忙站起，見麗麗手裡捧著一本書，驚訝而且帶著責備的語調：「病還沒好，妳就急著看書！」

「誰說我的病沒有好？」麗麗笑著，用一隻腳支住身體旋轉，彷彿在表示自己既活潑、又健康，毫無病狀。「我現在不是很好嗎？」

談到這兒，銘亮的面龐又有點發燙了，不得不說：「妳住院期間，我沒有常常去看妳——」

麗麗搖動手中的書本。「要看什麼？我根本沒有什麼大不了的病；如果在家裡休養，不是更可以免掉許多麻煩和是非。」

他讓麗麗坐在書桌旁的木椅上。

在燈光下細細打量她的面龐側影，見麗麗消瘦了不少。諒她也為病魔和金平河的干擾，感到痛苦和不安。旁的事無法了解，就是他去探病所見的場面，以及金平河表現的自大和無知，就夠人煩惱和氣憤好半天的了。

銘亮不願麗麗落入以往不愉快的回憶，忙勸慰地說：「那些都過去了，一切都不要再提了。」

「不提！」麗麗的嗓門高了起來。「我的事是過去了，你的事呢？」

「我的事？」銘亮猛地一怔。「我的什麼事？」

麗麗的左手拍打著書頁，兩隻瞳仁滴溜溜地在他面前旋轉，宛如在深深地思索或是考慮一個難題。

「你不知道？」麗麗詫異地說。

「不知道妳說的是哪一方面的事。」

可是，麗麗沒有接受他的解釋。

「既然你不知道，我就不講了。」

銘亮苦笑。麗麗到底是個小孩子，話說了一半，怎使人能了解內容。如果真正是他這方面出了事，她雖然不言；但紙能包住火？

為了揭穿這個謎團，他用一種含糊的語調問：「是不是有關金……金家的事？」

「對了，除了他家還有誰！」

麗麗又愣住不說了；到底是怎樣的情況呢。只有一點是確定，這事和麗麗有關聯，所以她才顯得很憤怒。看樣子，他已捲入這個漩渦——不管他是如何的設法迴避，已不能跳出是非圈了。

銘亮再用鼓勵的方法，讓麗麗開口。「妳先把妳知道的說出來，然後我再說出我聽到的消息。這樣，互相交換意見，全部問題就清楚、明白了。」

「我聽說——」麗麗的語音拖得很長，彷彿仍在考慮是不是要由她先報告。「金德豐要參加玉米生產專業區，已開出了條件……」

「什麼條件？」

「那……那是……是要你搬……搬家——」

銘亮霍地跳起，一下子全明白了。陳總幹事口口聲聲要他變換環境，準是受了金德豐的威脅才間接的向他授意。

如果陳明書直接的告訴他，他一定會搬家。為了公事——為了全體農友的利益，他換一個住的地方又有什麼困難？何況，他根本沒有永久住在這兒的企圖。

啊——他又想起來了。顏興華來這兒的目的，雖沒有說明，說不定也是受了金家的委託，來做說客。不然，怎會說出他和麗麗戀愛的話來。

銘亮背著雙手，在室中大步跨量著。

這時，他更加深信是金家的人要顏興華來的了。

顏興華卻堅定地支持他。

銘亮在心底暗笑。麗麗現坐在他身邊，他對麗麗沒有任何企圖，沒有說過一句私話；顏興華支持他有什麼用。

當然，顏興華表面如此說，而內心是不是支持他，還要等待以後的事實證明。

他又坐回原位，認真地問：「妳聽誰說的？」

「是關於條件……要你搬家的事？」

銘亮點點頭。

「是金平河說的，假不了。」麗麗臉上又呈現出紅潮，憤怒地說。「當時他還對自己想出這卑鄙的手段認為很得意，如果我不是躺在病床上，真要打他兩記耳光。」

「那倒不必了。」銘亮勸慰地說。但他想要聽聽麗麗的意見。「妳說，我應該怎麼辦？」

「不管它，也不理他們！」

「但是，為了公事，個人應該犧牲一點——」

麗麗躁急地搶著說：「你的意思是要接受他們的條件！接受他們的威脅？」

「話不能這麼說。」銘亮慎重地考慮自己的立場。「如果搬家對整個專業區有利，我何必一定要住在這兒。」

「你馬上就要搬走？」麗麗瞪著一雙大眼注視他。

銘亮的腦中昇起總幹事那副焦急和企盼的表情。如果陳明書直接告訴他，問題必然早已解決，專業區就不會如此殘缺不全，專業區的面積，就可擴大很多。這樣看來，他豈不是罪魁禍首。

「是的。」銘亮肯定地回答。「我早就要搬走了，這是最好的機會。我們為什麼要把話柄落在別人手上——」

「對，對，你說得對！」麗麗嚥著一口口的氣，迭迭地搶白他。「我早就知道：你討厭我們的家，討厭我們家的人，更討厭我們會吵擾你、拖累你……」

她說著眼淚便急速地在面頰奔流，沒有說完，便抽搐地哭了起來。

銘亮突然愣住，不知如何來處理這尷尬的場面。他說的全是自己的事，她怎會這樣多心。

「妳不要哭，聽我解釋。」

「我不要聽，我知道你的心理。你是想盡方法傷害別人、打擊別人……」

這叫他怎麼說？銘亮站了起來，雙手互相搓揉。這麼晚了，麗麗在他房間哭泣，如果她爸爸、媽媽聽到了，或是看到了，還以為他在「欺侮」她。即或不往壞的方面想，他又能用什麼理由解釋。

銘亮匆匆地向門口跨了兩步，想把房門關上，使麗麗的哭聲不要傳得太遠；但隨即覺得不妥，關起門來，更增加別人的誤解。

可是，他只能木然地站在房中，呆看著麗麗哭泣嗎？

他上前一步，再上前一步，右手輕拍著麗麗的肩膀，再輕撫著她柔軟的長長髮絲；左手微微搖晃著她的左肩：「妳不要哭，有話好好商量，我們還可以進一步研究，事情總可以有辦法解決的……」

似乎是他撫慰的動作和言語收了效，麗麗的哭泣聲低了，還剩有微弱的抽搐在繼續。銘亮正慶幸自己使用的方法和手段適宜，化除了自己的困窘。

忽然，門外飛來一聲吆喝：「好啊！你們幹的好事！……」

銘亮霍地轉身，見振宏滿面怒容，矗立門前，左手扠腰，右手指著他，厲聲大叫：「你說，這深更半夜，你們在幹什麼？」

這意外的事件，把銘亮震懾得愣住了。

可是，麗麗用袖子擦拭眼淚，跟著站起：「你這做哥哥的人，信口雌黃。我是在這兒補習功課——」

「這是多大的謊話！」振宏斜著身子走進房間。「功課是這樣『補習』的！如果我再遲來一步，還不知道你們要『補習』些什麼！」

「住口！」銘亮似已從迷朦中驚醒。「麗麗就是因為受了你們——你的狐群狗黨的欺侮，才到這兒來訴苦的！」

振宏冷笑。「這樣說來，倒是我的不對了。」他兩手扠腰，慢慢向銘亮逼近。

「麗麗該向爸爸、媽媽那兒訴苦，怎會在三更半夜，跑到你的房間來！」

麗麗似乎已看出哥哥硬挺著脖子，斜著身體，有那要動粗、用武的架式，忙衝往振宏身前，厲聲說：「那是我的自由，你管不著！」

「我為什麼不能管？」

「你配！」麗麗的聲調高亢：「你成天不務正業，在外面打架、鬧事。我沒有告訴爸媽管你、責罵你，已夠客氣的了，你還想管我！」

「妳為什麼不去告訴？」

可是麗麗沒有理他，繼續指責振宏：「你以為我不知道你的鬼主意！你和那些壞蛋一鼻孔出氣，要打擊好人、趕走好人，拔去你們的眼中釘，好讓你們胡作非為，橫行霸道。我告訴你，你做不到！」

振宏的右手大拇指，撥響中指，繼續冷笑：「那是我們男孩子的事，妳插在中間算哪一門？」忽然他的語調一變，厲聲尖叫：「妳不要亂扯了，深更半夜，還待在姓王的房間裡幹什麼！」

「這是我自己跑進來的，只要人家不趕我走，我要待多久，就待多久！」

「這麼大的女孩子，怎會不懂得羞恥——既然這樣，我就要趕他走。」振宏倏地轉身，面對愣在一旁的王銘亮。「我問你，你什麼時候搬走？」

銘亮見他對麗麗說話，如此粗莽、野蠻，本來不願理他；但他現時是站在自己的房間，為了自衛，為了要趕魔鬼出門，必須奮鬥！

「請問，」銘亮的話冷洌、生硬：「你是代表哪一方面說話？」

「我不懂你的意思。」

「是不是金德豐要你說的？」

「你胡說！」

「那麼，你就是金平河的代表人！」

振宏用力揮動右臂大吼：「你不要窮扯了！我代表我自己，我代表陸家全家，要你趕快滾蛋！」

「你說話客氣一點！」麗麗連忙插嘴。「你的胡言亂語，不能代表我——」

門外有人接腔了。「當然也不能代表我們全家！」

銘亮猛抬頭，見是陸家的兩位老人，都筆直地站在門外；而顏興華也跟在他們身後，斜著身子搶先躍進室內。

興華摟住怒氣沖沖要動武的振宏：「小表弟啊！年紀輕輕的，有話慢慢說啊！」

「表哥！你不知道，剛才你們也沒看到……真氣死人——」

麗麗的反應迅速，立刻辯駁：「王先生打算要搬出我們家，我正在留他，他就跑來胡說八道！」

父親已站在屋中央。「我知道。我和妳媽媽也在用盡方法留王先生，誰會想到他這冒失鬼，來亂得罪客人，真是家門不幸！」

母親走近兒子面前，憐惜地說：「你怎麼愈大愈不懂事了呢？你有話、有意見，先要跟我們說一聲，怎好隨便信口雌黃？」

「好了，好了！這是一樁誤會。」表哥揮動雙臂打圓場。「我的老同學不會搬走，這事交給我辦。你們請回去休息吧！我先要和振宏談一談！」

興華拉著不大願意離開這兒的表弟，先走出房門。老夫婦倆再三向銘亮表示歉意後，才偕麗麗離開。

但銘亮經此打擊，在床上輾轉了一夜，無法熟睡；到天快亮時，才打定了主意，決定按照自己構想的計畫去實行。

20

銘亮睜開眼，見已是早晨七點。他匆匆漱洗完畢，便到村口一家飲食店吃早點。看看錶，時間差不多了——他認為適宜去作禮貌性拜訪了，就一直向金德豐家走去。

果然，和他預料的完全一樣。金德豐正準備出門時，他出現在主人面前。

「金先生，您早！」王銘亮表現得彬彬有禮。

主人見到他，猛地一怔；但隨即鬆弛下來，滿臉堆著臨時擠出的笑容。「王先生，請坐啊！」

他知道主人要出門，而自己也要上班，所以不想寒喧，也不講客套話，便直截了當地開始搏鬥。

「請問您，是不是希望我搬出陸家？」

「這……這個……這是從何說起？」金德豐彷彿是從來就沒有想到過他會提出這

樣的問題，舌頭一直打滾，無法回答。

「您不必客氣，有話可以直接告訴我。」王銘亮盤算一整夜的話，這時不想再憋在肚子裡發悶、發脹了。「您的條件是：我搬家，您參加生產專業區是不是？」

金德豐一直撫摸光禿的頭頂。「誰說的？誰說的！」

「誰說的都是一樣。很遺憾的是：我昨天晚上才知道有這樣的條件！」

銘亮突然頓住，瞪著雙目注視對方的反應。

金德豐似已能夠適應這突然的襲擊，面部森冷、呆滯，沒有顯出任何帶色素的表情。只用平板、單調的語氣問：「知道以後怎麼樣？」

「我接受條件，馬上搬家。」

「那很好，很好。」金德豐連連點頭。「那是你的權利，也是你的自由。」

銘亮靜靜的等待對方的反應；但金德豐在說完之後，彷彿已盡到責任，沒有再向下說明的意思。

於是，銘亮不得不緊接著問：「您這方面怎樣呢？」

「我……我這方面沒有意見。」

見對方如此奸滑，裝癡裝呆，銘亮感到胸腔中的烈焰騰升，真想在他臉上吐兩口唾液，或是摑他兩記耳光。但他強迫告訴自己，不能這樣做，要忍耐——為了專業區的發展，為了全鄉農友的利益，他必須忍耐，再忍耐。

「您不是說過，」王銘亮似在直接地用尖矛刺入他的心胸。「只要我搬出陸家，您就參加玉米生產專業區，是不是？」

「誰告訴你的？」

對方還在裝傻。

這話可難答了。能說是麗麗告訴他的？而且麗麗是聽金平河說的。金平河是他的兒子，一定會否認。

那要怎麼辦？

陳明書的眼神中所企盼的，語調中所暗示的，全是要他搬家。但陳明書是正直的君子，沒有把金德豐的要挾轉告給他——這是絕不會差錯的事實。

銘亮大聲回答：「您對陳總幹事說的話，難道不算數！」

金德豐像是諒定他會掀出底牌，聽完他的話，立刻哈哈大笑。笑了一陣，似乎已獲得思索和緩衝的機會，再板起面孔說：「你知道嗎，那是多久講的話；現在來說，已嫌太遲了。」

銘亮對剛才自己說昨晚才知道這件事的話，感到後悔。對方就是抓住這一弱點，才完全否認。

「為什麼嫌太遲，一切的情況都沒有改變。」銘亮是指他離開陸家後，麗麗仍屬於金平河的——實際上，他住在陸家，並沒有影響金平河追求麗麗，僅是他們不明實情罷了。

除了麗麗這方面以外，專業區雖已劃分完畢，開始種植玉米。如此時金德豐能把他所有的土地加入，尚不至於影響整個工作計畫，同時還會使整個專業區顯得更完整、更圓滿。

銘亮接著補充：「那是他們客氣，沒有告訴我；並不是我不接受條件。我昨晚聽到這消息，一大早就跑來同意，怎能說太遲？」

「遲了，遲了。」金德豐似在喃喃自語。「你說的情況沒有變，也許是事實；但我這方面變了——」

那是你言而無信，那是你故意裝腔作勢。金家一切都是照常工作、生活，怎會有改變。銘亮在心底齟齬，但表面上仍靜靜地等待他答覆。

「我已買了很多種子，預備種落花生……」

「可是現在還沒種，種子還可以賣掉，不會吃虧。」

金德豐連連搖頭。「我又和別人簽了約，要在我的土地上建加工廠。鋼筋、水泥已買了，機器也在訂購了……」

王銘亮突地感到腦中、耳中「嗡嗡……」地響個不停。金德豐竟是真的如此可惡，他和全鄉農友作對，單獨幹他自己想幹的工作。他是在和大家作對？還是在和自己的利益作對？

包括許多關懷和愛心，以及經過那麼多專家策畫、設計、輔導的生產專業區，利潤算得清清楚楚，他卻拒絕參加，反而搞那個沒有把握的加工廠，將來吃虧的到底是誰？

一直以為金德豐會參加生產專業區的希望，完全幻滅，王銘亮卻歸咎於自己處理不當。如果不是他夾在金平河與麗麗的情感縫隙中，也許會順利地完成專業區的規畫。

但是，王銘亮仍不放棄最後的努力，還要盡力做說服工作。他問：「在這兒種花生，土壤和肥料適合嗎？」

金德豐突然一愣，隨即裝得很輕鬆：「我們種田，是三分靠人，七分靠天——要種什麼就種什麼，還管得了那麼多！」

「那是農業社會的老辦法，」王銘亮立刻反駁。「現在一切耕種要靠實驗，講究栽培技術，還要研究品種、輪作制度等等。生產專業區是經過多少專家設計的有把握的計畫，您不參加；卻要做那個沒有把握的事，將來您一定會後悔的！」

「我做的事，絕對不後悔！」
「連開工廠在內？」
「當然。」
「您是在賭氣。」銘亮的聲調也高了起來。「您一定沒有細心研究過生產專業區的計畫。這兒採取輪作制度，一季玉米、一季高粱——請問：您開辦的加工廠原料從哪兒來？」
「這……這個，」金德豐彷彿受了一記皮鞭。「可以向其他地區購買啊！」
「可是，那要花人工、花運費，成本加了多少，您算過沒有？」
金德豐沉思後，搖頭。
「您這加工廠的產品是外銷，還是內銷？」
「當然要靠外銷。」
「這兒不是港口，又離鐵路很遠，裝運的問題，您研究過沒有？」
「到時候，有了產品，自然會有辦法。」
「這兒的人口不密集，」王銘亮更進一步地分析：「您加工廠的工人向哪兒去徵求？從外地來的工作人員，您是不是準備了員工宿舍？」
「這……這個——」金德豐又結巴地說不出話來；但停頓片刻，忽然暴躁地大嚷：「這些都是我自己的事，用不著別人費心；你還是去管你的生產專業區吧！」

銘亮知道自己的話，已打動了對方；最起碼的是：金德豐對自己的農田生產和新開創的事業，信心已在動搖。

他還是微笑著說：「生產專業區有很多專家在策畫，不必我費心；但您的事業，我倒可以幫忙。」

「你要怎樣幫忙？」

「很簡單。」銘亮站了起來，向前一步，再向前一步，面對著他。「我誠誠懇懇地向您建議，趕快結束您沒有把握的投資，參加這個和大家利益一致的專業區，對人對己都是有百利，而無一害！」

金德豐皺著眉頭再沉思。

王銘亮感到自己的脈搏和心房的跳動加速。這重要的時刻到來了：金德豐終於被自己說服，生產專業區的計畫就可完美無缺，他內心也不會因麗麗的關係而感到歉疚了。

然而，金平河突地從後面跳出（大概他已聽他們談話很久了），大聲嚷道：「爸，不行！我們不能聽他的鬼話；那樣，我們的臉，可丟得太大了！」

金德豐若有所悟地連連點頭。「對，對，我們不能丟這個臉！」

銘亮和金平河面對面立著，他本想跟金平河點個頭、打個招呼、說聲早；但現在自己的面部表情和心境都凍結了，無法做任何表示，只有默默瞪視著對方。

「是面子重要，還是大批的資金重要？」王銘亮又轉身面對金德豐。「實際上，做這樣有利於自己的改變，參加專業區，並不影響面子。」

「不行，不行。」金平河迭迭地否決。「人人都知道我們要種落花生，開加工廠，現在突然改變了，用什麼理由，向人們解釋，除非——」

兒子突地頓住，父親詫異地看著他問：「除非——怎麼樣？」

金平河看看客人，再看看父親。「除非我——我和陸麗麗結婚……」

父親興奮地說：「對，如果陸麗麗做我的兒媳婦，我就願意損失那些投下去的很多資本；你覺得怎麼樣？」最後的一句話，是衝著銘亮說的。

條件，這又是一個新的無理的條件，銘亮心底嘟囔。「有其父必有其子。」這樣的條件，怎能說得出口。

銘亮退後一步，再後退一步，坐在原來的沙發上。他希望自己坐著談話，不會太衝動，說出自己不應說的話。

「您一定知道，婚姻是要靠愛情做基礎，是要由當事人自己作主的。」

「那當然。」「可是，陸麗麗和我非親非故，」銘亮的語調又昂揚起來。「我有什麼辦法影響她、命令她？」
金平河搶著回答：「你只要退出就好了！」
銘亮本來是想說，我早已退出；或是說，我根本未前進，怎麼要後退。但隨即覺得金平河用這種要挾的方式競爭，未免太卑鄙也太不爭氣。而且根據麗平時對他的印象，他不可能是個勝利者。如果這算是條件，不論如何談判，永遠沒有達成協議的可能。「你們都錯了！」銘亮霍地站起身來。「任何競爭，要用公平的方法。像你們這樣，拿個人的私事，和公事做交換條件，不管成功與失敗，都將是永遠洗不掉的恥辱！」
「依你說怎麼辦？」父親似在故作癡迷。
「不要把這件事當條件。」銘亮緩慢而有力地說：「先參加雜糧生產專業區；然後我會盡一切力量幫忙——」
兒子搶著否決：「不行，不行，他講的完全是騙人的話，我們不能相信。」
父親跟著搖頭說不可。似乎為了扳回一點面子，又把以前提過的理由重複了一次。「我們投下了很多資本，又和別人訂了約，怎能反悔呢！」
他客客氣氣地辭別了他們父子，走出大門，見一片烏雲，遮住了上升的朝陽，大地似乎昏暗了許多許多。

21

小蕙在氣惱之下離開蘇榮德，回到家又感到後悔起來。

那並不是什麼大不了的事。即或是真的，也用不著在那麼多人面前悻悻地離開。她太沒有幽默感了，本來是可以一笑置之，照常吃喝玩樂；頂多在第二天，私底下問問美玲，是不是金溫平故意開玩笑——為什麼東掏西摸，找不出那封信。明明是金溫平逗她（說不定是蘇榮德和金溫平聯合起來，偽造這個消息，讓她疏遠王銘亮），而她竟出乎意外地失態，以後她真沒臉面見人了。

當晚，打了兩次電話給美玲和金溫平，都沒有找到他們，諒是和蘇榮德在一起遊玩未歸——如果她不是賭氣離開，也會玩得盡興回來。

在聽到金溫平報告那消息之後，她決定第二天就要去銘亮那兒察看實際情況；但經過長時考慮之後，便覺得很不妥當。她到了那兒，人生地不熟，在短短的時間內，怎能探聽到銘亮的生活祕密。

小蕙決定先寫一封信給銘亮。除了關懷他的生活起居外，最重要的還是希望他能早點離開那偏僻的鄉村，回到繁華的都市來。最後，她用警告的語氣說：「為了你的事業前途，為了我們的婚姻，你沒有理由貪戀那兒的人和事了；不然，後果是很難想像的！」

她很滿意自己所寫的信，既含蓄，又一語雙關。如果銘亮真如金溫平所說的那樣，她認為對方看到這封信，就明白她的言外之意了。

儘管她有如此的巧妙安排，但躺在床上，仍為此消息困擾，思前顧後，一直縈繞於胸懷，所以一夜都沒有好好睡。天快亮時，才半睡半醒地閉起雙目。突然看見兩隻老虎，在荒郊中爭奪一隻野鹿；高大健壯的老虎，得意洋洋的啣著勝利品跳躍地走了，而那隻骨瘦的、肚皮癟癟的老虎，卻直向自己面前撲來。

她驚懼地倉皇向後逃逸；但兩隻腿又笨、又重，還不聽指揮，逃了幾步已癱瘓在地上，而那隻餓虎從她頭頂往下猛撲——

「救——命——」她喊叫聲悶在喉嚨，無法出口，已見到虎口中的許多大牙……

她兩腿一伸，突地醒來，原來是一個荒唐而可怕的夢——當然，她也慶幸這是夢幻，如果是真實的情況，一切都完了。

無法再睡，她便匆匆起床。比上班時間早了十分鐘，便到達辦公室。

一見門，她就愣住了。原來蘇榮德正坐在會計課課長的辦公桌上。除了清掃的小妹以外，辦公室中任何人都沒有。

蘇榮德的臉上沒有任何表情，但說出的話，卻像一塊塊冰磚：「我知道妳今兒會提早上班。」

「胡說！」小蕙在心底罵他。她自己還想不到會這麼早來這兒，蘇鬍子憑什麼知道她的行為。

但她不想一早就和別人抬槓，只是微笑著搖頭。「你怎麼會知道？」

「不要問為什麼，我們只要看事實——事實上，我的估計完全正確！」

當然，這只是一種巧合。如果她不作那個惡夢，便不會提前醒來；如果她要趕去美玲的家，和美玲同道上班；如果她因為昨晚沒睡好，同時心情不愉快，請假一天……這些都曾在她腦中考慮過的，如果不改變主意，他怎會估計正確。

她已坐在自己的座位上，打開皮包，找鑰匙，開抽屜。和平常上班的慣例一樣，沒有把這位不速之客當上賓一樣看待。他本來就是這兒的主人，不必由她來招待。小蕙這樣寬慰自己。

「估計正確又怎麼樣？」她覺得自己的情緒，仍和昨晚不愉快的氣氛連接著，還沒有被新的事物遮隔或切斷，所以說出話來仍是硬邦邦的沒有緩衝的餘地。「如果你估計我遲到，我就太糟糕了；幸而我是早到，早到總沒有錯吧！」

「應該發早到獎金。」蘇榮德用的是老闆口吻。

「那倒不必。」小蕙聽不出他說的是真話還是開玩笑，連忙阻止。「只要不算錯就好了。」

「沒有錯，沒有錯。」他已站了起來，走近她的桌旁，輕聲地說。「關於昨晚的事，我還有話要向妳解釋。今兒下班以後，還是在老地方見面。」

蘇榮德的話停頓了，似乎在等待她的反應；而她卻覺得對方的話還沒說完，所以不便接腔。

「下了班請妳直接去，我們在那兒見面。」他說完不等小蕙有什麼表示，便挺著脖頸向門外走去。

小蕙立刻站起身，有追著他大叫「我不要去！」的念頭；但還是忍住了。她不明白蘇榮德是為了有她的同事要進辦公室，不願意別人聽到他們的談話，才匆匆離去；還是以他的老闆身分自居，用這種命令式口吻對她，諒她也會遵命前往。

如有這樣想法，蘇榮德就錯了。那是私事，她沒有接受的義務。何況，她對這工作，根本就不放在心上，隨時可以離開，當然不必計較他對她的好惡。

為了自己的尊嚴，她不能去。

這樣決定了以後，小蕙又懷疑起來。蘇榮德真的有事和她研究？他沒有說明美玲是不是今晚要同去，她應該去問問美玲——起碼要探聽美玲的反應。

可是，見了美玲，美玲就怪她昨晚無故地賭氣離開。

小蕙笑笑，沒有正面答覆，忙搶著問：「金溫平那封信找到了沒有？」

「妳怎麼可以聽他的話！」美玲仍在責怪她。「不曉得是誰亂『蓋』，居然『蓋』到我們這兒來；而且妳又真的去相信那種謠言！」

「信不信是另一回事，我希望看到那證據；妳為什麼不把那封信帶來？」

美玲滿腔怨氣，往她身上噴射。「昨天妳走了以後，我便一直怪他多嘴，金溫平不服氣，我們便爭吵起來，所以妳走後不久，我也走了。」

「可是，我打電話找不到妳。」

「當然找不到。」美玲的氣憤仍表現在詞句上。「我故意逃避他，獨自一人去看場電影才回家。」

這樣一說，蘇榮德要她今晚見面的事，美玲一定不知道。也許這和他們爭吵有關哩！那非去赴約不可了。

小蕙勸說美玲一陣，希望她不要因為王銘亮的事，和金溫平鬧得很僵。當然絕口不提她今晚和蘇榮德約會的話。

蘇榮德早在餐廳等她。

見蘇榮德微笑地看著她，她忽然有受騙的感覺。昨兒晚上有金溫平和美玲，而現在只有他們二人面對面坐著。不錯，蘇榮德沒有說過任何人會來這兒；但小蕙覺得今兒這場面，只是昨晚的延長；而蘇榮德已把另外的兩個人趕走了。

同時，小蕙又覺得這正和早晨在辦公室裡，蘇榮德料定她會提前上班，在那兒坐候的情形一樣，她在每個回合裡都是失敗者。

難道她不能爭取主動，求得勝利？

餐廳的侍者拿來菜牌，蘇榮德要她點菜。

小蕙說：「我不吃飯，我馬上就要走，因為我另外還有一個約會。」

「可是，妳已經來了。」他沒有顧到她的反對，仍點了菜。

她不願在侍者面前和他爭吵，只好讓他做自己願意做的事。她來這兒，是因為早晨對方沒有給他申辯的機會；她來這兒，是因為她想知道有關王銘亮在農村生活的祕密，而不是來這兒和他共餐。

在侍者走了以後，小蕙提醒他：「我馬上要離開了，你有什麼話，請趕快說吧。」

蘇榮德似乎猛吃一驚：「能不能打個電話，不到那邊去赴約？」

「不行，那邊我是主人。」

對方皺皺眉頭。「實際上也沒有什麼了不起的事，」蘇榮德頓了片刻，才盯著她的面孔說：「我只是想告訴妳，昨晚金溫平告訴妳的話——有關王銘亮的消息，是我要他說的！」

小蕙覺得座椅、桌子，甚至整個餐廳都晃動起來。這是多麼大的一個騙局。既然是騙局，為什麼又要很快地說出來。

「你的意思是告訴我，」小蕙壓抑著憤怒，仍用溫和的言語和態度說著：「那消息是假的？」

「假倒一點不假，完全是確有其事。」

「你為什麼不直接告訴我？」

「那會顯得我是多麼沒有風度。」

小蕙胸中責罵的話向上逆伸，已抵達喉頭，馬上就要溢出口腔——她真想責罵對方一陣，然後再匆匆離開。但隨即覺得她仍是他公司裡的職員，不能如此任性；而且，他這樣坦率、爽直得可愛——也許是可惡，比隱藏著陰謀詭計的人好得多了。

「為什麼現在你要告訴我？」她要追究到底。

「這樣，好讓妳知道我是如何的關懷——關心妳未來的幸福！」

菜端上來了，她卻直直地站起，大聲說：「謝謝你！」她向門外走去時，眼角看到蘇榮德，木然地抓起筷子，戳向菜盤。似乎他早已料定她會如此做，而她這樣做時，對他毫無損失。

原來她估計是會佔上風的；但根據這情勢衡量，她又失敗了；而且敗得出乎自己意料之外。

小蕙提著一顆空虛、晃蕩的心回家，沒有赴任何人的約（當然，那只是她的一種謊言），連飯都沒有吃，就躺在床上生氣。

但她想不通是生自己的氣，還是生蘇榮德的氣。

22

在和金德豐談判失敗以後，王銘亮覺得很頹喪。想不到他如此的勤奮工作，竭力克制自己，不去傷害別人；而人們卻處處打擊他、折磨他。無論如何他都想不到金家父子和陸振宏，會處處和他作對，使他在極有利的工作環境下，弄得無法得心應手、一心一意的工作。

他近來早出晚歸，盡量避免和麗麗見面；麗麗的病已經好了，他再沒有關心的必要。在辦公室裡，本來有很多機會可以和總幹事陳明書交換意見；但為了他住的問題，使雜糧生產專業區未能做得達到理想，他也覺得愧對陳總幹事。

往往他也安慰自己，這些都不是他的過錯；而是人們誤解他、冤枉他；錯誤在那些狂妄的、短見的小人。

儘管如此解說，但他還是悒鬱寡歡，極少和人們打交道。

可是，現在陳總幹事又找他了。那一定有事，他不能用其他理由做藉口迴避公事啊！

銘亮把自己桌上的公文和圖表，稍微處理了一下，便向總幹事的辦公室走去。

果然不錯，總幹事的左右眉毛似乎已湊在一起，連成一線了。見了銘亮，才故意擠出一點笑容讓座，同時也離開辦公桌，坐在他對面的沙發上。

「現在又出了一點小問題，」總幹事在沉默了片刻之後，用滿不在乎的語調說。但面孔的表情仍非常凝重、板滯。「所以，特地請王兄來研究一下。」

「不必客氣，請直接說吧！」

總幹事點火燃菸，似在故意拖延時間，思索如何提出問題。「我們專業區的灌溉系統，有了阻礙，」他口裡噴出煙霧，慢吞吞地接著說：「到現在為止，還沒有想到解決的辦法。」

「可是，」銘亮突地感到困惑起來。「這兒的水源，一向都很通暢的啊！」

「那還用說，現在是金家——金德豐父子作梗，他們不讓我們專業區順利地生產……」

陳總幹事彷彿有難言之隱，雖然話沒有說完，但銘亮已看出這阻撓對他的打擊是如何之大。他是一位年輕、有朝氣的總幹事，為了策畫雜糧專業區的生產，不知耗費了多少心血和精力，在這快接近成功的階段，如灌溉系統有了阻礙，豈不是前功盡棄。

「我們想不到其他的辦法？」

總幹事搖頭。

「沒有和金德豐商量過？」

「商量過啊！」陳總幹事雙手互搓。「那老狐狸狡猾極了，人急他不急。左一個條件，右一個條件，像是在談生意。」

王銘亮突地明白總幹事為什麼找他來，又為什麼愁眉苦臉說不出話的原委。

「那些條件是不是與我有關？」王銘亮衝口而出，把陳明書想講而不肯講的底牌，立刻揭穿。

總幹事驚訝地瞪著他，惶惑地搖頭：「你不要亂猜，那與你無關。」

銘亮倏然站起，大聲而堅定地說：「有什麼話，請千萬不要隱瞞，那會誤了大事！」

「沒……沒有的事，沒有什麼好隱瞞的。」

「總幹事，不能一誤再誤了。」王銘亮大聲詢問：「上次提的條件，是要我搬家，他就參加專業區，你為什麼不告訴我？」

「誰……誰說的？」

「誰說的並不重要。」銘亮對總幹事把那「條件」未告訴他，而失去一次使專業區進入完美的機會，感到不滿。「重要的是：把握機會，把事情做好。你如果早點告訴我，我搬出陸家，金德豐參加專業區，不是所有的問題都解決了？」

陳明書左手一揮，也跟著站了起來。「如果同意他的條件，像什麼話！怎麼可以把公事和私人的生活絞纏在一起！」

話雖然這樣說，但事實勝過理論。他搬開陸家到別處去住，對他來講，沒有絲毫損失；對整個專業區的生產，好處就太多了；最明顯的，就是現在根本不會發生灌溉的困難問題。

「那是過去的事，我們後悔已來不及了。」銘亮不願把問題扯得太遠，立刻追問：「這次，金德豐到底要我怎樣？」

陳明書又坐回沙發，把香菸戳死在煙灰缸裡，像是考慮了又考慮，才慢悠悠地說：「他希望你離……離開這……這個鄉……」

銘亮很冷靜，踱了幾步，也坐回原位，面對總幹事，輕聲地問：「你的意思怎麼樣？」

「不同意，一百個不同意！」總幹事拍響桌面。「這哪裡像人說的話。憑他一個人的意見，要誰走就誰走，那成何體統！」

「請總幹事冷靜地考慮：我離開這個專業區，並不是什麼了不起的事。我不必辭職，我可以請調；全省的專業區很多，我隨便在哪一區工作都行，為什麼一定要賴在這兒，和全體的農友為難——使他們的幸福和快樂，受水源的困擾？」

總幹事搖動雙手阻止他往下說：「這樣的事，我們不能談——我們不能受某一個人或某一部分人的要挾。我們是民主政府、法治國家，可以根據水利法和他打官司，他一定會敗訴；為了眼前救急，我們的灌溉系統必須另行設計，所以請你來商量，改道或是鑿深水井，不必經過他的田地……」

銘亮非常感謝陳明書的正義支持，但離開總幹事辦公室以後，卻感到非常不值得。如果金德豐真能信守「條件」，他離開這兒又算什麼？小蕙每次來信都要他回都市去工作；而住在陸家，彷彿是夾在縫隙裡生活，欲進不能，後退無路。如果請調離開這兒，不是皆大歡喜？

所以他一方面和懂得水利工程的人，研究更改灌溉系統，另一方面在心底考慮自己的進退。

他覺得人人都希望有機會「犧牲小我，完成大我」；現在他自己可以什麼都不要犧牲，卻能使團體獲得極大的便利，何樂而不為！

雖然他還沒有尋找到解決灌溉問題的方法，但對自己作離開的打算，認為是一舉數得，感到特別的興奮。

在他作了最後決定，一定要離開這工作崗位時，他倏地想起先要和麗麗說清楚——實際上，他有這重大的改變，在這兒卻沒有人好商量，只有麗麗還可以談這種大事。

受了上次的教訓，不能在陸家和麗麗討論問題了。必須找一個僻靜的地方，免得再引起別人誤會。

於是，他找一個機會告訴麗麗，要她今晚七點半，在靠近防風林的第二個誘蛾燈杆旁見面。

晚飯後，王銘亮為了要等待約會的時間，便在鎮梢附近溜達、閒眺。

可是，真不湊巧，在街頭碰到騎著銀白色新機車的金平河，背著照相機，迎面而來；騎近他身旁時，馬達聲夾雜著濃煙和灰塵，裹襲著他；然後喇叭長鳴一聲，揚長而去。他散步到街尾，金平河的機車緊挨在他身旁擦過，彷彿是要故意把他撞到似的那麼驕橫和自大。

銘亮雖然感到很氣惱，但不想和他計較。如果再散步下去，一定還會碰到用新行頭兜風的金平河，所以他便走進美鳳冰果店。一面等時間，一面躲避那囂張的半狂人；同時還可以對自己的行為，做仔細的反省。

他要了一杯蘆筍汁，吸了冰涼的甜液，倏地覺得來這冰果店是個錯誤。因為這兒離陸家很近，如果被陸家的人發現他不回家，坐在這兒消磨時間，必然被誤會是討厭陸家的環境。

想到這兒便感到非常不安，他微微側轉方向，面對著牆上的電視機，裝著靜靜看電視，而避開了門外路上的行人。

這時，路上來往的人很多。下班的、放學的都匆匆忙忙趕回家，沒有人向店內張望；但也有吃過晚飯在外散步的中年人，背著手、挺著肚皮，一副輕鬆、愜意、無憂無慮的姿態，像是到處找尋心愛的寶藏。

店中的燈光雖亮，但他坐在角落裡，又背對著燈光，諒外面的人不會看到他，所以他便慢慢的安心下來。

坐了不久，忽然聽到門口有熟悉的男高音，王銘亮猛吃一驚，頭垂得更低了。微微側轉臉，見是陸振宏陪著金平河在冰店買香菸（這店不但賣菸酒，還賣一些雜貨），兩人正低聲地談論著。

他真擔心，他們買了菸以後，進來坐坐怎麼辦？是不理他們，還是邀他們共飲？振宏說：「我看你，今兒有了新裝備，恐怕覺都睡不著。」

金平河已燃起菸，一口口噴著煙霧，操著得意的腔調：「這算什麼？我要加強練習，參加機車駕駛比賽，一定要拿個第一，讓所有的女孩子都羨慕我、敬佩我！」

「別吹了，你的照相機，還要參加攝影比賽？」

「當然，當然。」金平河拍著振宏的肩膀。「只有你欣賞我的技術，旁人一定要等我得了冠軍，才會另眼相看……」

還沒說完，二人都向停在店旁的機車走去。

不久，聽到「啪啪啪」的引擎怒吼聲和喇叭急叫聲遠遠颺去，銘亮的心才平靜下來。

他怕他們仍會返回，不久就付了帳，沿著馬路和田塍散步。

這時明月已冉冉上升，微風迎面襲來，空氣特別清新，並且嗅到一陣陣玉米苗的甜醇香味。

遠處望去，鄉村間燈光閃爍，籠罩著一片安詳、靜寂的氣氛；而近處的每家門前，可以看到男女老少圍在電視機前，面上露著得意、和樂的笑容。

他兜了一大圈，終於到了約定的「誘蛾燈」下。看看時間，還差十分鐘。

銘亮四處察看，找到一個隱蔽的樹叢；他認為在這兒兩人談話，被別人發現的機會就比較少。

可是，他為什麼有做錯事或者有偷竊的感覺呢？如果不是上次振宏那麼無理的胡鬧，他的話可以在陸家公開地討論，用不著在這兒偷偷摸摸的約會了。

一直不斷看錶，已過了三分鐘，麗麗還沒有來。焦急和盼望絞纏在心頭，他發現自己正渴念和麗麗見面，有如當初和小蕙約會的情形一樣；甚至超過他期待小蕙時的心情。他想，這和不願給別人看到他們會晤有關吧。

來了，但麗麗不是從她家中那條路（他凝視、盼望的方向），而是從另一條小路迂迴走來的。

麗麗走近他，還四處張望了一下。她說：「好像有人跟蹤我，你有沒有看到？」

「沒有。」銘亮覺得麗麗的精神也太緊張了，忙安慰地說。「我站在這兒很久了，都沒有看到任何人的影子。」

「我覺得有問題，那個人一直在跟蹤我！」

「是誰？」

麗麗停頓了一下，才慢慢地說：「金平河！」

王銘亮陡然打了一個寒顫，心底驚叫道：又是他！但隨即坦然地告訴麗麗：「沒有關係。他今天買了新車、新照相機，要出來『亮相』！」

「可是，不大對勁——」麗麗疑慮地辯駁。

「不要緊。」銘亮是一語雙關。一方面認為金平河不會跟蹤，另一方面認為他們規規矩矩談話不怕跟蹤；只是談話的時間不對，如果白天在此地談話，就不怕任何人看見他們。這實在感到矛盾，就是因為白天怕人多嘴雜，所以決定在晚間，但這時間在寧靜的田野中防風林旁會談，惹起的閒話可能會更多。

銘亮為了安慰麗麗，又補充地說：「今兒晚上，我也在不同的地方，碰到金平河好多次，他像是在炫耀自己的新行頭，還沒有想到其他的人，我們不必管他。」

麗麗確是安心了許多，已在開始注意環境了。她張望了四周，再迷惑地說：「這盞誘蛾燈，可以熄滅一會兒嗎？」

「可以。」

「為了避免別人看見我們在這兒，還是……」

她的話沒說完，銘亮已明白她的意義，立刻把燈熄掉。

燈光熄滅後，銘亮心中騷亂了片刻。他原是想在這兒藉著燈光和她談話的，現在卻變成在黑暗中會晤了。幸而明月當頭，他可以明晰地看清麗麗的面龐和晶亮的眼珠，不安的感覺也慢慢減輕了。

「妳既然這樣怕被別人看見，」銘亮內心卻在想，如果麗麗怕事、怕金平河，不來該多好。「可以先告訴我……」

「我不怕，我是擔心你——」

擔心他什麼呢？麗麗沒有說下去，但他知道那是說怕金平河找他麻煩。

銘亮立刻安慰她：「不必擔心我，我馬上就要離開這兒了，誰都找不到我。」

麗麗驚詫地問：「你去哪兒？」

「現在還不知道。」銘亮面對著剛升起的上弦月，思索著說：「我要請求上級，把我調到另外的專業區去服務。」

「為什麼？」

不能告訴她，是為了她的緣故。那樣，她一定感到非常痛苦和歉疚。

「這環境對我非常不適合，」銘亮揮著拳頭含蓄地說：「我離開以後，對這兒的全體農友和專業區，都會有很大的益處。」

麗麗一隻手臂繞著懸誘蛾燈的圓木柱，慢慢迴旋著用腳輕踢泥塊，似在踢掉一顆一顆的煩惱。

「我知道，」麗麗幽怨地自言自語。「金家又找你麻煩是不是？」

他不想承認，也不願否認。「這完全是我自己主動。」

「那還不是一樣。我原來以為你很堅強，想不到，你現在居然向惡勢力屈服了！」

「不，妳錯了。」銘亮連忙分辯。「我不是為自己的利益打算；而是為了大家。

如果因為我個人的關係，而使全村的農友受害，我何必死賴在這兒！」

沉默，沉默。

一片烏雲遮住了透明的月球，但銘亮仍看到麗麗低垂著頭，像無法承擔憂愁和哀怨的樣子。

「你離開這兒，大家就好了？」

「當然，最起碼不會像現在為灌溉的水道發愁。」

麗麗突然興奮起來。「我聽說，水道的事已有解決的辦法了，不怕金家搗蛋！」

銘亮對麗麗知道那樣多的事情，感到很驚異。但不明白她是不是聽到金家所提的全部條件。如果知道了，她會怎樣想、怎樣做？

「我也這樣研究過，水道不是大問題。」銘亮接著說：「水道解決了，他們會找出更難更多的理由，使大家為難；所以，我必須離開此地。」

「你離開以後，就不會有問題？」

下面的問題，就是要她嫁給金平河了。當然，這話不能由他口中說出——到時候自然會有人向她說。金家把他這眼中釘拔去，諒一切就會順利，不必再和大家為難了。

「當然，小問題還可能有一點，但是，那不要緊，陳總幹事和這兒的人，都會解決的。」

「我告訴你，誰都解決不了，除非我和金平河結婚！」

像是一聲巨雷襲擊在銘亮的頭頂，烏雲仍未散去，他看不清麗麗面部的表情，但可以聽出她言語中賭氣和惱怒的味道。

「那不是很好嗎？」銘亮一語雙關。「一個人為了大家，是應該犧牲自己——」

麗麗搶著說：「我沒有你那麼偉大。你可以找出不相干的理由來逃避惡勢力。找藉口逃避我們一家，逃避我……我……」

她沒有說完，已伏在圓柱上抽抽噎噎地哭了起來。

銘亮又慌了。他是怕在陸家宣布離開的消息，會引起她全家人的反對，以及麗麗的怨懟，所以才想到在這偏僻的田野；但她這樣大聲一哭，不正是使全村的人都知道他的做法。此地靠大路很近，路上有不少行人通過，如果有人聞聲而來，還以為他在「欺侮」女孩，那真是跳到黃河也洗不清。

他立刻上前一步，右臂輕輕擁著她，左手輕拍她的肩頭，輕柔地在她耳旁安慰：「妳不要哭，我們還可以慢慢研究——」

話沒說完，銘亮感到亮光一閃，心底倏然一驚，緊張地問：「妳是不是看到有什麼亮光？」

「沒有，」麗麗哽噎著，抬頭望天上烏雲。「可能是閃電，天要下雨了。」

銘亮又接上剛才的話頭。「妳想到哪兒去了，我為什麼要躲避妳……妳們？」

「你是想回到未婚妻那兒去，對不對？」

頭頂彷彿又響起一個悶雷，銘亮急著問：「那些──那是誰告訴妳的？」

麗麗牽動身體，擺脫他的手臂。「你以為你自己隱瞞著不說，別人就不知道！」

麗麗兩手擦眼淚。「是金平河說的，還會假！」

是的，他成天鑽進工作的領域，沒有時間做或想其他的事；而金平河成天閒著，當然可以探聽他的私事。這用不著驚奇。而且金平河的動機，也是很顯明易見的。

「那是個人的私事，」銘亮坦然地說：「沒有到處張揚的必要；更談不上隱瞞。我這次只想調職，調到另外一個沒有人討厭我的專業區，安安心心地工作。」

「這兒也沒有人討厭你啊！」

「有，有！但這些已經不重要了。我要離開這兒──先請幾天假，等到我的請求正式核准……」

「你是說，你離開以後，就不再來這兒？」

「那也不一定。」銘亮閃爍地迴避問題。「所以我先告訴妳，請妳暫時不要對家裡人說……」

「你是怕他們反對你這樣做？」

銘亮覺得麗麗確是很精明，想得也周到。「話不是那麼說，」他委婉地解釋。「我不希望在事情未做以前，鬧得天翻地覆。」

「可是，你不怕我——」

「當然，妳一定要為我保密。」銘亮表示非常信任。「我整理好東西，還要請妳照顧一下。」

明月已鑽出烏雲，大地明亮而靜寂，微風輕拂著防風林，一陣陣土地和苗葉混合的芳香，沁入心脾。景色雖然優美，但他看出麗麗臉上的表情卻糅合著憂鬱與惱怒，默默地看著自己的鞋尖，淚水又從眼角滲出。

半晌，她冒出一句：「你真的不是回去結婚？」

「當然不是。」銘亮向她保證。「我的事業還沒有基礎，怎會結婚！」

「可是，你已經訂婚——」

麗麗沒有往下說，但他已懂得她的意思：似乎在問他，不結婚為什麼要訂婚？人和人之間的感情，豈是旁人所能了解的？也豈是三言兩語所能說得明白的。何況他更不願意在麗麗面前談論小蕙的事，他只好含糊地說：

「時間久了，妳就會明白。人與人之間的關係，往往也是身不由己的。」

「可是，你為什麼一定要走呢？」

「那是迫不得已。」銘亮認真地告訴她：「如果我走了，金家參加了『雜糧生產專業區』，大家都有好處，我怎好裝癡裝呆的留在這兒！」

又是一段很長的沉默，他似乎聽到鳥鳴、蟲叫。經過的行人，提著手提錄音機，一路和著唱過去。

麗麗搖撼著木柱，彷彿在發洩胸中的積怨。「我本來不想批評你，但是現在要分別了，我要告訴你，你的想法完全錯了！」

「錯了？」他愕然。

「百分之一百的錯了。」麗麗的聲調高昂、堅決。「你根本不了解金家的人。他們唯利是圖！如果看到參加專業區生產有利，一定會自動的申請參加。現在還沒有看到好處，當然不願參加，與你留不留在這兒有什麼關係！」

「可是，妳──」

麗麗搶著攔住他的話頭。「可是，怎麼樣？我，我絕不嫁給金平河！我不會像你一樣，願意向惡勢力低頭！」

話說完，麗麗不等他反應，就旋轉身大步向前。銘亮想要攔住她；但隨即覺得無話向她解釋，只有目送她離去，然後扭亮誘蛾燈。他要捉住幾隻蟲子，研究牠們的生態、變化……

這是他分內的工作。如果他開始時，不接受陳總幹事的意見，專門觀察害蟲增加的趨勢，預測發生的情形，然後發布消息，告訴農友們防治蟲害，該是多麼有意義的工作。為什麼要捲進專業區的人事糾紛？

不對，銘亮隨即否認。他多做事並沒有錯，只是由於他夾在金平河和麗麗的情感糾紛的空隙中。錯誤的該是金平河，或者是陸麗麗。

這樣想時，他心中舒坦了許多、許多。

23

王銘亮騎在一匹全身烏黑的馬上，向前奔馳、奔馳、奔馳。

眼見前面有一個女孩騎著一匹白馬，像是小蕙。他要追上前去看清楚。他加力鞭馬，馬像箭一樣地衝刺。和白馬的距離近了，看出不是小蕙，而是麗麗。

不對，那是眼睛發花。前面似乎有兩匹馬，一匹騎的是小蕙，一匹騎的是麗麗。她倆像是並轡齊驅，分不出彼此。

但他一定要趕上去看個清楚。馬被鞭打著跑得更快了，前面是一座狹橋，很擔心馬會跑不過去；但馬挺身一躍，四足騰空……

糟了，馬確是沒有躍過橋身，已直向乾涸的河床墜落、墜落……

「哎呀！」他驚叫了一聲，嚇得全身直冒冷汗，似乎身旁有一隻手抓住他的胳膊……

「銘亮、銘亮！」有熟悉的聲音在喊他。

他睜開眼，心還卜卜跳，見顏興華在床旁，拉住他的膀臂，才知道這是一場惡夢；他連忙翻身起床。興華說：「我敲門，見沒有聲音；門一推就開了，原來你沒有上鎖。」

「我屋裡沒有值錢的東西，常常不鎖門。」銘亮為自己的粗心大意作掩飾。「你怎會來得這麼早？」

「我也和你一樣，」興華打了一個呵欠，伸了一個懶腰。「是被別人喊醒的。」

「誰喊你？」

「想不到，誰也想不到！」興華在屋中轉圈子，像是故意賣關子。

「你說，到底是誰啊？」

「是麗麗。」

銘亮的上衣，只套了一隻袖子，就夾著臂膀無力舉起左手。「她怎會起得那麼早！」

「比我們想像的還要早。」興華一口氣說著：「她不知道我住哪裡，先去她姊姊元芬家問清楚了，才去我那裡。然後她陪我吃早點，再回到這兒來，你想想看，她是幾點鐘起床的？」

銘亮的一雙眼睛，直愣愣的盯住顏興華。他盡說這些幹麼？昨晚，自己睡不好

——先是睡不著，後來便連連作惡夢；諒麗麗也和自己情形差不多。她為什麼要那樣早去拉起興華。

他套起另一隻袖子，裝得漫不經心地說：「麗麗平時習慣早起，她一定喜歡早晨的新鮮空氣。」

「別裝傻了！」興華大聲咆哮。「她起早是為了你的事啊！」

「為了我？」

「除了你還有誰！聽說你要離開這兒，她勸過你，你不接受；所以才特地要我來留你。」

銘亮從心底升起一口悶氣，不知如何回答。昨晚告訴麗麗，有關他離開的事，不能告訴他人，怎麼一下子就讓這許多人知道。

「可是，我已對她把道理和原委說清楚了。」銘亮的語氣中顯示出不快。「誰留我，都不能改變我的決定。

「來，你先坐下。」興華坐在書桌旁椅子上，指著床鋪喊他。「我們是老同學了，你要我恭維你，還是要我罵你？」

銘亮不得不坐著陪客人。「嘴巴長在你的頭上，隨你的便！」

「我留在這兒幾天，已把事實真相搞清楚了。你在這兒的工作表現不錯——」

「恭維大可不必，少罵幾句就好了！」

「人緣也很好，」興華沒理他，繼續說下去：「只是金家對你不滿意。」

「那還能算人緣好！」

「這方面我也問清楚了，那是金家老少兩代的自私自利。老的和農會鬧彆扭，你是吃了夾心餅乾；小的追不上女朋友，怨你破壞好事。這正和俗語說的一樣；『睡不著覺怪床歪』。」

銘亮胸中多日來積存的抑鬱，被興華幾句話一說，彷彿全化成輕煙，覺得全身爽適，不嫌老同學在這兒多嘴多舌了。

「既然你知道得這麼清楚，」銘亮立刻還擊。「你替我想一想，我還能待在這兒？」

「為你設想，當然該留下來。」

「你這樣說，我就不懂了。」

「這是非常簡單的道理。」興華站了起來，兩臂揮舞像對千萬人在演說。「為了公理，我們要叫那些自私自利的傢伙吃癟。你知道金德豐那老傢伙又有什麼詭計嗎？」

「不知道。」

「他要把你趕走，然後再騙農友全部種落花生，做他加工廠的生產原料——」

銘亮猛吃一驚，那是他告訴金德豐在此地建加工廠的缺點之一，現在居然被他運用上了。他忙問：「大家會聽他的？」

「他可以左一個條件，右一個條件，一步一步的施展他的詭計。他早已造謠：玉米生產專業區沒有前途，連王銘亮都覺得沒有把握要離開……」

「誰會聽他的？」

「只要你一離開，人家就會相信參加專業區沒有好處。」

「可是，可是，」銘亮胸中的氣又衝到喉頭。「我是為了解決灌溉的水道，才不得已讓步的！」

興華冷笑。「老同學你別傻了。事實真相，誰去研究？知道真相的人不多，就是知道了肯為你說明，又有誰會相信。所以我說，為你著想，為整個生產專業區著想，你不能走！」

銘亮結巴地說：「這……這個……」

「還有，為了麗麗著想，你更不能離開這兒。」

「麗麗又關我什麼事？」

「你能忍心看著聰明伶俐，又漂亮、又善良的麗麗，受那小太保金平河的折磨？」

「我對他又有什麼辦法！」

「你該儘可能的幫助她，在精神上支持她；她才有勇氣和毅力，與惡勢力搏鬥啊！」

「可……可是……」銘亮又結巴地說不出話來。「我為什麼要捲進那個是非圈！」

興華上前拍著他的肩頭。「你不要自欺欺人，你已經捲進去很久，而且捲得很深了。你想你能逃避得掉？」

「我要走得遠遠的，讓麗麗清醒過來。」

「王銘亮，你已經太遲了。」興華嘻皮笑臉地說：「麗麗關心你，比關心我這個大表哥還要多、還要厚；再說你——你要走了，誰都不告訴，卻去告訴那個與你毫無關係的麗麗……」

「胡說！」銘亮搶著擋住他的話鋒。「你知道我和小蕙的婚約——」

「當然，我知道，麗麗知道，金平河也知道——誰都知道。」興華在室中邊說邊唱：「你知道：風從哪兒來？愛情從哪兒來？」

「別胡扯了！」

「好，算我胡扯。」興華又認真地說：「你現在該了解，你是絕對不能離開這兒了吧！」

銘亮無法立刻改口，只能輕描淡寫地說：「我要慢慢考慮。」

「還要考慮什麼？」興華惱怒地責問。「我昨天晚上聽說，灌溉的水道問題已經解決了——」

「怎麼解決的？」

顏興華搖頭。「詳細情形我不十分了解，不過我曉得並不是向金德豐屈服的；而是由村裡的熱心人士與水利會、農會共同研究出來的辦法。因為大家認為農業專業區的重要，任何的困難和挫折，都必須集群智、合群力，想出辦法來克服和解決。」

「謝天謝地，」王銘亮舒了一口悶氣，無意間露出心中的抑鬱：「我可不是罪魁禍首了。」

「你本來就不是禍首——我老早就告訴過你。」興華搖撼著他的肩頭：「你現在已沒有離開這兒的藉口了，還想逃避？」

「不逃避了！我要盡自己的力量和愛心，為生產專業區以及那麼多信任我的農友，多多做一點事。」他覺得自己回答得堅定而有力。

興華笑了，他也不自覺地笑了起來。

24

小蕙在走往總經理的辦公室時，便猜測蘇榮德又不知攪什麼新花樣。蘇榮德是個有頭腦，工於心計的人；但碰到她這個以不變應萬變的女孩子，也就沒有辦法可想了。

但出乎她意外的，推開門見坐在蘇榮德對面的是一個陌生的青年人。兩位男士見了她都站起來，蘇榮德向她介紹那陌生人是金先生。

坐定後，什麼話都沒有說，蘇榮德遞給她一張四吋的彩色照片。她擎起一看，見是王銘亮擁抱著一個長頭髮的漂亮女孩子，而且，他像正要和對方甜言蜜語——也許是要做更親密的舉動。雖然是側面的形象，但銘亮的面龐和衣服，都是她非常熟悉的，絕對錯不了。

小蕙倏地站起，氣憤地把嗓門都撕扯得沙啞、乾澀。「這是哪兒來的？」

蘇榮德說：「是金先生帶來的。」

陌生人忸怩了一下，臉上飛起淡淡的紅暈，輕輕地解釋：「這是我無意之間拍的，技術不好，不要見笑！」

「是在人多的地方，還是只有他們二人在一起？」小蕙沒有心情研究他的攝影技術，急於追問現場情況。

「只有他們兩個，而且是深夜哩！」陌生人仍在炫耀自己的拍攝技術。

「那麼，你是怎麼照的？」小蕙性急地追問。

「我有長距離鏡頭、鎂光燈——」

「你是說，你是偷拍的？」

陌生人又忸怩了一下。「我拍這照片時，他們沒有注意到我——」

小蕙頹然坐下，惱怒地說：「真是該死！」

「該……該死？」陌生人的眼睛，顯出困惑的神情。

蘇榮德接著說明。「范小姐是說照片中的人該死——那男士是范小姐的未婚夫。」

陌生人霍地站起，連連鞠躬。「對不起，真對不起！我是一點兒都不知道。」

「當然，這不怪你。」蘇榮德代替她發言。「范小姐還要感謝你哩！」

他們兩個一說一答，宛如在演戲。小蕙心中又亂、又惱，真不知如何開口。同時，更不明白他們二人是不是串通好了，演戲給她看的。

蘇榮德又緊跟著問：「范小姐，妳是不是要謝謝金先生？」

「謝謝，真的非常謝謝！」小蕙覺得這陌生人帶給她可靠的證據，使她如夢初醒——對王銘亮這個人有了新的評估。她從來沒有懷疑過對方，總認為銘亮老實可靠，不會拈花惹草。想不到離開她一段日子，竟出現如此鏡頭。若不是親眼看到這張照片，絕不會相信這是事實！

小蕙看看蘇榮德，再轉向陌生人，猶豫地說：「金先生的費用……來去旅費，工……工本費，我要照付！」

「不必，不必。范小姐太客氣了。」金先生雙手搖晃。「我為蘇先生和范小姐盡點義務，不算什麼，不算什麼！」

「都不用客氣了。」蘇榮德大聲吆喝。「你們都是我的好友，今天由我作東請吃晚飯。也許，范小姐還要探聽王銘亮的其他生活動態！」

這句話正合小蕙的心意，自然不願拒絕他的邀請，便和他們一同進了飯店。

兩位男士大吃大喝，談得也很開心；真像是多年不見面的老友。

小蕙已知道這位陌生人叫金平河，同時也知道長髮的女孩叫陸麗麗；而王銘亮為了追求麗麗，把本身工作都荒廢了不少。

金平河判斷地說：「他們二人已在熱戀，如果范小姐不早點把王先生設法找回來，未來的問題可能相當嚴重。」

可是，蘇榮德提出相反的論調，他說：「像這樣不忠於愛情的未婚夫，還找回來幹麼！該一腳把他踢得遠遠的，再也不要理他了。」

二人為了這問題，爭論很久，金平河似乎非常不滿意蘇榮德的見解，藉口要趕火車回去，悻悻地辭別了他們；而蘇榮德卻興高采烈地對她說：「聽到好消息，還要愁眉苦臉！」

「好消息從哪兒來？」

「你們的情感基礎不鞏固就訂婚，是一個很大的錯誤。現在發現了，有機會就可以改正、補救，怎不是好消息？如果沒有經過時間的考驗，懵懵懂懂地結婚，那後果將是如何的不堪設想！」

「可是，人的情感——」

蘇鬍子用手勢切斷她的話。「現在還談什麼情感？我們注重的是現實。現實世界裡，我們要生活，要玩樂。走，我們跳舞去！」

一顆抑鬱的心，老是放不下，打不開。但進了舞廳，鼓聲和喇叭聲，像雨點、像冰雹、像浪濤……那樣敲擊她、纏繞她。男男女女瘋狂地跳著、扭著、吼著，人影在晃動，腰肢在扭擺。她覺得自己胸腔中有股烈焰在燃燒，不，是股怒火在……啪啪地爆炸！她要報復，她要對王銘亮報復。她隨著蘇榮德叫囂、狂笑，隨著音樂節拍忘我地跳躍、嘶喊，像個極富稚氣的幼童。

看到蘇榮德一直用火熱的目光注視她，她似乎已被對方溶化，在慢節拍的音樂中，她忽然覺得自己是那個長髮女郎陸麗麗，而緊緊摟抱著她的卻是王銘亮。她半瞇著眼享受那報復的快意，直到終場。

深夜，蘇榮德一直握著她的手送她回家。她躺在床上，不是被惡夢嚇醒，就是被興奮笑醒，她度過有生以來最長的一夜。

25

范小蕙戴闊邊軟草帽，跳下計程車，然後根據手裡的路線圖，察看形勢。

她逐一的對過「厚德國民小學」、郵政代辦所和「美鳳冰果店」，馬上就要找到王銘亮住的地方了。

那排灰牆、紅瓦的房子也在目前，不錯，路很窄，汽車不能通行，她打發了車錢，便向明禮村走去。

但走了兩步又停頓下來。她覺得自己不應該就這樣一直衝進去，在外面轉一轉、看一看、聽一聽再去見他也不嫌遲。

也許是她的裝束和這兒的人們不同，已引起了很多行人的注意。她把鮮豔的迷你裙往下拉一拉，想遮住裸露太多的大腿；但那只是白費力氣。在城市倒不覺得自己的衣裙太短，怎麼和這兒的女孩子一比——再從別人注視的目光中，就體會到短得太多了。

她在小街道上慢慢走著，像是觀光客要尋找購買的物品。見土產店很多，店中的物品堆得滿滿的，街道上也是大籮小筐的陳列著。而每戶人家都有電視機（還有些是彩色的）、冰箱，孩童們在街道上唱著、跳著，一副樂融融的樣子。她聽不見汽車喇叭聲，也聞不到空氣汙染的惡臭。

「難怪王銘亮不想回到城市，這兒很舒服嘛！」小蕙心底對自己說。

她不能一直逛下去，到了街尾又轉回來，街道上沒有可以停留休息的地方——她剛來到這兒，還不想買帶回去的土產。那麼，只有進冰果店休息；而且，她坐了長程的火車、汽車確是須用飲料潤溼喉嚨了。

在店裡，小蕙要了一杯新鮮芒果汁，服務的小姐還為她加了冰塊。她一面用吸管輕啜著飲料，一面眺望路上的行人。她真渴望見到認識的人，如金平河（他告訴過她，是住在這兒的）、王銘亮……等等。但腦子裡除了有這二人的形象外，就再沒有別人了。另外一個那就是惹她冒火的長頭髮陸麗麗——當然，絕不願意在這兒見到她。

那只是想想，打發無聊的時間而已。金平河不知道她來這裡；而王銘亮更不曉得她來突擊檢查。寄給她的路線圖，擱在皮包裡，揉得快爛了，想不到居然今天會派上用場。

店裡的顧客很少。只有零落的二、三人進進出出，這是人們周末中午返家的時間，不會有多少人來喝冷飲，所以服務小姐坐在門口，兩眼注視著電視機，全神貫注地欣賞節目，連客人進門，似乎也沒注意到。

那是一個長頭髮的小姐，身軀在店前晃了一下，轉身就不見了。

接著是一個男孩子，面向著門外，拉著或是說拖著那長頭髮女孩子進門——那小姐還是賴著不肯向內走。鄉村裡的女孩子，不像城市裡的人老油條，有吃、有玩會自動上前，絕不用拖拖拉拉……最後他們還是肩並肩，手拉手地進來。

長頭髮的腦袋甩開披在臉上的髮絲，在那一晃的剎那間，小蕙的心猛地一震，從椅子上站起又頹然坐下。該不會是王銘亮！

這否認的念頭剛從腦中滑過，但銘亮已筆直的向她身邊走來。

她本想設法逃竄避開，但她沒有這麼做，因為她接著又想起她並沒有做錯，為什麼要躲避做錯事的他們？

她憋不住心頭那股膨脹的怒火了，倏地躍起大叫：「王……王銘亮，你……好……」嗓門已嘶啞、已破裂，說不出自己想說的話；而且，她真不知道自己該用什麼嚴厲的惡毒的話來罵他，說了一半，就接不下去了。

已看到銘亮臉上先是驚訝，然後堆滿笑容（該是假裝的笑意），甩開長頭髮女孩，直著嗓門大叫：「小蕙，是妳，怎麼來了，也不先告訴我一聲！」

先告訴你，讓你好準備是不是？當然，她不能立刻發脾氣，要弄清楚事實，才慢慢和他算帳。

「我是臨時決定的，所以說來就來了。」

「好吧，我先跟妳介紹。」他回轉頭招呼長頭髮走近自己。「這是陸麗麗小姐，這是……」

小蕙沒有聽完，幾乎暈倒。金平河的話全部正確，在沒有聽銘亮介紹之前，她還有一個幻想，那不是陸麗麗，只是一種巧合，銘亮和頭髮長的女孩子走在一道，順便請她來喝杯冷飲而已。但現在是鐵的事實擺在面前，不容她再欺騙自己了。她該採取什麼手段對付他們？

長頭髮的臉龐由紅轉白，囁嚅地說：「范小姐，妳好，我早就聽王先生提起過妳！」

「那太好了。」小蕙忍住怒火，帶著怨怪的口氣。「可是，我卻從沒有聽說過——」

銘亮接著解釋：「陸小姐和我同事，我又住在她家裡；今天同道下班，所以我請她來喝杯冷飲。」

「謝謝，不必了，我馬上到家了。」陸麗麗說得乾淨、俐落。「現在，你又來了客人，我先走了。」

麗麗不讓人有挽留的機會，逃竄似地向門外走去。

小蕙目送對方走出店門，再重重地坐下。「我這個人真是殺風景，」她說：「來的時間和地點都不討人喜歡。陸小姐氣走了，將來你不知道要陪多少小心——」

「不要亂說！」銘亮跟著坐在她身旁，阻止她繼續發言。「我們是第一次碰在一起，所以才請她來這兒。」

「大概是今天第一次，接著晚上還有第二、第三次……」

「妳愈說愈不像話了。」銘亮緊皺眉頭，告訴女店員再來兩杯芒果汁。

女店員離開之後，小蕙嚴厲地問：「不像話的到底是誰？」

銘亮的目光直直地瞪著她，彷彿是長久不見，要仔細辨認她的容貌似的，很久很久才移開視線，低著頭說：「妳坐車很久，一定很累了，我們先去吃飯，然後再詳談好不好？」

當然，不能一見面就吵架，銘亮沒有想到她會突然來這兒，心理上沒有準備，任何事情都沒有準備。她要多多的看，多多的研究，銘亮為什麼會變心。是陸麗麗纏住他，還是他見異思遷？

離開冰果室，銘亮帶她到一家海鮮店。店裡的顧客不少，很多人都和銘亮打招呼，也許是因為她穿得惹眼，也許是因為銘亮新換了一個女伴，大家都用非常驚異的目光注視他們。

在吃飯時，她聽銘亮敘述工作和生活狀況，每一個細節都不放過。當銘亮的話告一段落時，小蕙接著問：

「你的工作什麼時候可以結束？」

「結束？」銘亮考慮了一下，又皺起眉頭。「專業區的土地要充分利用，玉米收成後，接著就要種高粱；高粱收割了，又要種新的——」

「這樣說，」小蕙搶著詰問：「你從年頭到年尾，都要留在這兒？」

「儘可能我要趁著假期回去一趟。」

「這不是一趟、兩趟的問題，」小蕙仍不願在公共場合大聲鬧嚷，特別忍耐著壓低嗓門。「你不能長久留在這兒。你以前說過，你要回到城市去，另外求發展的！」

「我以前說過？」

小蕙的怒火又上升了，但還是盡量容忍。「你說只要把這兒事情弄清楚，能告一段落，再研究新的發展……」

「研究，當然要研究；但不是現在。」

小蕙揣測那是銘亮的緩兵之計，為了戳穿謊言，她意味深長地說：「當然不是現在，現在有人拉腿不放！」

「妳是指誰？」

「當然是指的長頭髮。」

銘亮瞪她一眼，低聲說：「這兒人多，不能亂說；本來是非就夠多了，還能節外生枝！」

「那麼，你應該趕快離開這個是非圈啊！」

「不簡單。」銘亮搖頭。「有很多問題，不是三言兩語說得完的。」

非常明顯，銘亮不願和她談問題，總是設法逃避。而且飯店的人確是太多，每個桌子都擠得滿滿的。喝酒的、猜拳的，大家都是興高采烈，彷彿人人都認識銘亮，她不能在這兒和他爭執、叫鬧。

從飯店出來，他們坐了計程車到冰果店門前，再走到銘亮住的地方。

進了客廳，發現陸家有電視機、冰箱；而且沙發和家具，都非常講究也非常整潔。

陸麗麗大概是避嫌沒有出面，只有老夫婦二人出來招呼一陣，接著也相繼離開。

於是，她參觀銘亮的房間，出乎意外地發現整理得有條不紊，書籍和換洗衣服都整整齊齊地擺在固定的地方；和以前在家中隨便亂丟、亂放的情形完全不同。

她訝異地大叫：「你在鄉下，生活方式很有進步嘛！」

「鄉下安靜、輕閒，不像在城市那樣緊張和忙碌——」

但小蕙仍是不信。「房間都是你自己整理的？」

「有時陸家的人會來幫忙一下。」

「那一定是那位長頭髮的小姐了！」小蕙揚起聲調揶揄地說：「恐怕是早晚都要來整理好幾次哩！」

「噓！」銘亮的右手食指豎在唇邊，示意她輕聲說話。「麗麗常在我這兒補習功課。」

小蕙見對方故作神祕和裝腔作態，積存在胸中的憤怒，一下子有如火山爆發，無法再強迫壓抑了。

她打開皮包，在夾層中抽出金平河拍的照片，用力擲在他面前的桌上。「功課是這樣『補習』的！」

銘亮先是一愣，隨即上前抓起照片，仔細辨認，顯出詫異的神情，口吃地說：「妳……妳這……這是哪兒來的？」

「問你自己啊！」

他臉上滿佈困惑的表情：「我一點……一點兒都不明白，這照片裡的確是我和……」

「你和那長頭髮在一起。」小蕙絲毫不肯放鬆這緊要關頭。「所以，今兒特地來問個清楚——」

「妳……妳說吧！」銘亮在室中蹀躞不安，頻頻搖頭。

「你是要她，還是要我？」

「胡說。她算什麼，怎能和妳相比！」

小蕙突地增加了不少信心，興奮地說：「好吧！你既然這樣說，今兒你就陪我回去。」

他又裝得傻乎乎的了：「回去幹什麼？」

「我爸爸最近要增加一個分廠，」小蕙認真而且坦誠地解釋。「正需要人照顧。他認為你是最理想的人選。」

「不對，不對，他看錯了人。我是學農的，對工業方面，一竅不通。」

「只是要你去管理，」小蕙連忙勸慰。「技術方面有專家——」

「那他為什麼不要專家去管理？」

「可是，我們的關係不一樣，管理的大權，怎麼可以隨便信任外人。」

「這種想法很落伍。」銘亮倒教訓起她來：「新的企業管理靠制度，怎能靠私人關係！」

小蕙本想用道理說服銘亮，不必叫鬧而使情感有裂痕；但銘亮絲毫不肯讓步；她積鬱在胸中的憤懣，又逐漸上升、膨脹，無法再忍耐、委婉地說話了。

「誰都想假公濟私，」小蕙冷冷地發表意見。「你還不是一樣，為了想替別人『補習』，總找出許多藉口留在這兒。實際上，全不是那回事！」

銘亮的雙手一攤，做出無可奈何狀。「妳又不講理了！」

「不講理？」小蕙向前一步，逼著他問：「誰不講理？有家，有未婚妻，有可以發展的事業，你都不要了，跑到這窮鄉僻壤來鬼混，到底是為了誰？」

「為了我自己的興趣。」

「謊話，一百個謊話。」小蕙用不屑的聲調和表情指責。「我聽到的，以為是謠言；照片上的人影，我還以為是誤會；但我親眼看到你們二人的熱烈鏡頭，那還會是假的？」

「那……那更是誤會。」

小蕙停頓了一下，慎重地思考了一會兒。「現在我們不要空口說白話。是誤會也好，是真實的也好，現在給你一個選擇的機會，由你自己決定——」

「你說吧！」

「三天以內回去。結婚也好，等你建立事業基礎也好；但是一定要離開這個鬼地方！」

「假……假使不離開呢？」銘亮囁嚅地低聲問。

「那你一定知道，將來的後果怎樣。」說完，小蕙就向門外走去；但隨即又踅轉身軀，把剛才擲在桌上的照片拿起放進皮包，才氣嘟嘟地走出門外。

銘亮畏縮地跟在她身後，陪她上街購買土產，送她上車，然後怏怏地道別。他感到無限歉疚，也感到無限輕鬆，矛盾的心情一直拉扯著自己……

26

小蕙是被一陣又一陣的電話鈴吵醒的。為了賭氣，她真不想接那個討厭的電話。但鈴聲幽怨地叫個不停，她不得不抓起聽筒。

對方報出姓名是蘇榮德。

她驚叫道：「你怎麼知道我回來的？」

「那倒用不著問，事實上妳已經回到家，證明我的估計沒有錯。」

又是他的「估計」！如果不是她任性要走；如果銘亮一定留她，昨晚是不會到家的。如果她把心情放鬆，趁著今天是假日，到名勝地區遊覽一番，他的估計又怎會正確！

然而，她不願在電話中和蘇鬍子辯論，只想放下聽筒再補足沒有睡夠的早覺。

小蕙簡要地說：「祝你勝利！」

「勝利？什麼勝利？」

「你的估計勝利啊，一切都和你的估計相同，你還不值得高興！」

「可是，其他的事，我並不知道。」

她是見到蘇榮德拿來的照片，才決定去找銘亮的；而談判決裂才會很快的回來，這些像都是經他一手的安排和導演，演出的效果又如他的預料，他還佯推不知道，誰會相信。

「知道或是不知道，都完全一樣。」小蕙想起這趟不愉快的旅行，怒火又翻騰了。「說好說壞，都是男人作的怪！」

「妳說的男人，不包括我吧？」

「嗯！」她用鼻音哼了一聲，想不到蘇鬍子竟是這樣傻，要等到別人指著鼻子罵他，隨即有另一個意念阻止她。蘇鬍子現在仍是她的老闆，不必在言語上勝過他；那頂多是口頭上的勝利，對事實沒有多大幫助。

於是，小蕙轉換話題。「現在，我們不談這個。你打電話來，就是為了『抬槓』？」

「當然不是。我有另外要緊的事和妳商量，請妳出來喝上午茶吧！」

到了茶館，已是十一點多了。實際上這是廣東式的飯店。

小蕙的原意是推辭不來赴約的；但想起銘亮和那長頭髮的親暱狀態，才順口答應了他。但到了飯店，她又感到後悔起來。她為什麼要跟蘇榮德在一起，難道是為了報復！

可是，這飯店的情調，和那冰果店絕對不同。吃早點的顧客很多，人人臉上的表情，像都是有所為而來，談生意，話家常，交換價值觀念，哪裡會像鄉下那樣純樸、自然、清幽……？

她又告訴自己，不是為了報復，是擔心蘇榮德真會有重要的事和她商談，所以才認真地赴約。

原以為蘇鬍子會追問她和銘亮見面時的談判實況，那樣她便可以把心中所受的委屈，盡情傾訴，而且也可以談談對愛情、婚姻的看法，那樣也許會減輕心理上的沉痛，還可以觀察蘇榮德的反應；但並不如她所想的，蘇鬍子對她旅遊的事隻字不提，盡談些無關痛癢的事。她心中的一份抑鬱之氣，就只有等待和美玲見面，才能研究對付的策略了。

她一直沉默著，而蘇榮德臉上總掛著嘲弄式的微笑。

蘇榮德突然問：「我們下個禮拜天，要去海邊露營，妳去不去？」

不知為什麼小蕙覺得很失望。「你說要和我商量的，就是這件事？」

對方微笑點頭。

「你為什麼不在電話裡問我？」她的腔調中滿含著惱怒和責怪，又想起那吵醒她早覺的電話。

「我是想看看妳——」蘇榮德的話說了一半，燃起一支菸，噴出煙霧，似在按捺她焦急的情緒。「看看妳和未婚夫見面，談判之後和以前有什麼不同？」

「看出來了沒有？」

他搖搖頭，在凝視她片刻之後才說：「妳還沒有回答我，到底參加不參加。」

「只有我們二人？」

蘇榮德笑了起來，兩排又白又整齊的牙齒，似乎在表現很得意。「當然不是。有金溫平、美玲……還有很多人。」

很多男男女女，很多帳棚、風沙、海水……她突然想起那次很多人參加的生日舞會，那種被冷落、被歧視的感覺突然湧上心頭。

「我不去！」她乾脆地回答。

「為什麼？」

「那個梳著兩條小辮子的叫……叫什麼英的……？」

「黃元英。」

「有黃元英去就夠了，我去算什麼！」

「妳們女孩子的心眼兒真小，」蘇榮德仍是嘲弄地嘻嘻笑。「黃元英上次怪妳搶她的鏡頭，妳覺得她礙妳什麼事？」

「她是半邊主人，我算什麼？」

「半邊主人？」蘇榮德臉上表現了詫異的神情。「誰告訴妳的？」她當然不能說出美玲來，只是學著他的腔調。「那倒用不著管，事實上她就是以女主人自居。」

蘇榮德嚴肅地說：「那是遊戲，根本不必當真。黃元英說我當眾撕破她的臉皮，受不了打擊，她一氣之下，和一個了解不夠透徹的男孩子結婚了；而妳在生日舞會上獲得意外的勝利，還深深記著那個梳兩條辮子的……？」

經他這麼一說，小蕙倒覺得不好意思起來。只好故意胡扯：「如果這次我再參加，說不定又有梳三條辮子的小姐和別人結婚，你的損失不是就更大了！」

他揚起拳頭，裝作要捶擊她的姿勢。「妳放心，這次只有妳這沒有梳辮子的小姐。」

他的話沒有錯。這次是五對男女，除了他們和金溫平、美玲外，另外三對，不是未婚夫婦就是情侶。

這是一個星期六下午，到達海邊沙灘，男士們租來兩架大帳棚，開始架設，而女士們卻脫掉鞋子在沙灘上擲排球、做遊戲。

小蕙不敢睡草地或沙灘，帶來了一隻氣墊；可是沒有帶氣筒，蘇榮德只好用嘴一口氣、一口氣地吹，吹了很久，還沒有鼓起來；她覺得其他的男孩子應該幫他的忙，輪流吹一吹；但是誰都沒有要伸手接替的意思，她自己卻有想去幫忙的衝動。大家都圍著彷彿看蘇榮德表演「氣」功，她只好也漫不經心地觀看。但心底卻有點愧疚的感覺：為什麼她不跟別人一樣，睡鋪在沙地的塑膠布；那不是一切問題都沒有了。

她覺得過了很長、很長的時間，氣墊終於吹得鼓鼓的，像一具平面的臥床了。然後大家到更衣室去換泳裝；但小蕙卻躺在帳棚的氣墊上沒有動。

蘇榮德換好泳裝才發現她，驚詫地說：「我記得告訴過妳，有游泳的節目。」

「我不要下水。」

「妳是不是沒有帶泳裝？我們可以租一件的。」

她瞑目地想一想。為了帶泳裝的問題，她考慮了很久，當時無法決定。

「我帶來了。」她勉強地說。

蘇榮德皺眉頭打量她：「是怕妳的身材——妳的線條不夠標準，所以——」

「胡說！」她從氣墊上跳起來。「我換上泳裝曬日光浴，就是不下水。」

她在更衣室換裝時，才覺得蘇榮德用的是激將法，但這時發覺已太遲，只好遵守諾言。

走出更衣室，蘇榮德手裡提著氣墊，目光迎視著她的胴體，她連忙用浴巾包裹起來，讓他拉著自己的胳膊，走向水邊。

小蕙是堅守不下水原則的，但大夥兒（包括美玲和蘇榮德）用水潑她，用泥沙塗她潔白的肢體，終於由蘇榮德伴著她進入海水中。

「你既然拉我下水，」小蕙埋怨地說：「那麼，你就不要離開我！」

「為什麼？」

「我怕——我怕踏進深坑。」

「妳有踏進深坑的經驗？」

小蕙半蹲在水裡，用手拍擊著水面，水珠向四面飛濺。

那是三年以前的事。她和三位女同學，在淡水河邊玩水。她們都不會游泳，但水很淺，而且她們帶著救生圈。玩著、玩著，互相打水仗，但救生圈順著水流飄走了，離得很遠。她性急地去抓那救生圈，但一把沒有抓住，人卻往下沉、下沉……腳尖再也踩不到泥地。

頭已全部沉入水中，嘴巴喝水、鼻孔嗆水……透不過氣來。她掙扎著，頭臉只冒出水面一忽兒，「救……命」還沒有喊出，又往下沉、下沉……

不知道喝了幾口水，她覺得有隻堅硬的手臂把她托出水面，半抱半拉地送她上岸。她終於得救了。

以後她再也不敢玩水了。

小蕙抓緊蘇榮德的小臂，彷彿一鬆手就會掉進深水中。

「當然有，」小蕙嘆了一口氣。「幾乎送掉一條小命。」

「誰救起了妳？」

「王銘亮。」

「是他！」蘇榮德兩眼緊緊地瞪住她。「妳為了對他報恩，所以才要嫁他？」

像有一個巨浪潑襲著她，小蕙打了一個冷顫。她不承認蘇榮德的話是對的；但仔細一想，覺得榮德的話多少有點道理。她老是感到欠缺王銘亮一些什麼，不是金錢（王銘亮不要額外的財物），也不是愛情——對了，是欠缺他那一點點恩情。所以在看到了銘亮和那長頭髮女孩的親暱狀態後，雖然說了決裂的話，仍希望銘亮回到自己身邊。

「你錯了，我不是為了報恩才和他訂婚的。」小蕙立刻否認。「我見他很老實、很可靠，我爸爸說他幹練有為——」

蘇鬍子笑咪咪。「可是他一點兒也不老實，也不可靠。」

「你沒有資格批評他！」

「我不是批評他，只是告訴妳一個事實。」他說：「外表忠實可靠的人，不經過時間考驗，是無法確定的。」

美玲她們在水中玩得太久了，要上岸拍球，她也跟著大家上岸；而蘇榮德離開她後，就仰著身體向海水深處游去、游去……她心底卻希望他一去永不復返。

然而，她的目光仍注視那漸游漸小的肢體，很久、很久……那個討厭的人又隨著波浪捲到岸邊。

她深深地吸了一口氣，才加入打球的圓圈。

晚飯後，女伴們都先後跟著親密的男伴散步去了。小蕙感到很後悔，她該拉著美玲同道，不讓她和金溫平在一起——只是一眨眼的工夫，美玲就悄悄地走了。

帳棚裡只有她一個人，她感到無聊，正用一根絲帶紮著髮梢變換髮式，蘇榮德在遠處大叫：「小蕙，我們去海灘賞月好不好？」

此刻除了跟蘇榮德走以外，別無選擇。她忽然覺得這情景是蘇的故意安排或導演，她又後悔來這兒露營了。

她和蘇榮德保持著兩步的距離，默默地走著。通過矮樹林的捷徑，再踏上一個二層樓的水泥平台，她看到晶明的月亮從海水中冉冉升起，清新、皎潔，和滿天星斗爭輝。

一陣海風吹來，她陡地打了一個寒顫。

蘇榮德也感覺到了：「妳冷不冷？」

「不冷。」

但是蘇榮德伸手摸她涼涼的半截手臂，接著脫下他的灰布夾克披在她身上，趁勢擁住她。

小蕙避開要吻她的姿勢，掙脫了他，搶著說：「我們到海灘上去，情調會更好。」

蘇鬍子拉住她不放。「妳又不下水，去海灘有什麼用？」

「你晚上還要我下水？」

「如果妳掉進深坑，我也可以救起妳！」

「胡說！」

「不是胡說，這是事實——」蘇榮德突然攫住她，緊緊抱住她，她感到胸中透不過氣來，呼吸急迫而短促，她已無法避開他的嘴唇。

仰頭看向天空，天上星光亂晃，似乎見銘亮正擁著那長頭髮——她也用力的回抱著蘇榮德，一會兒，便覺得星月無光。

小蕙彷彿從虛幻的夢境中醒來，連忙推開蘇榮德。「不要，不要這樣，我要回帳棚了！」

帳棚裡很悶，加上被陽光炙熱的細沙，蒸發著熱氣，酷似一隻烤箱。

她蜷縮在那隻烤箱裡受煎熬，頻頻作著惡夢：兩隻老虎，搶著一根骨頭，忽然打起架來，一隻老虎撲向她……

驚醒後，她一直無法睡熟，只有瞪著兩眼等待天明。

27

王銘亮往往在繁忙的工作中甦醒過來，警告自己：一天過去了！

接著是第二天也輕飄飄地飛颺了。

第三天是他最痛苦的日子。他真不明白：小蕙為什麼要限定他在三天內作決定，如果給他三個月的時間，他把自己一手安排的工作，作妥善的處理後，也許便會回到她的身旁，做其他的打算了。

可是，現在專業區的計畫，正一步一步的實現；而他本身的病蟲害預測工作，也一天比一天重要起來；在沒有人接替他的工作以前，怎能輕易地離開職責。

第二天在焦灼、苦惱、矛盾中慢慢度過——雖然有幾次衝動，想拋去身邊的工作，立刻北上和小蕙談判；但稍一冷靜地思索，便覺毫無用處。小蕙怎能和他坐下來討論問題？那還不是白費唇舌。

限期過去以後，他反而覺得自由了。原想寫一封委婉的信，說明不能立刻離開的原因；但覺得很難措詞；同時由於工作忙碌，心情煩躁，一拖就擱在一邊，專心做自己的事了。

在小蕙走後，麗麗曾藉送開水或是請教疑難問題，來向他表示歉意：由於她夾在中間，才使他和未婚妻鬧得不愉快。

麗麗小心地用探聽的語氣問：「范小姐為什麼走得這麼快？」

「她鄉下住不習慣。」

「在冰果店裡看到我們在一起，她有沒有發生誤會？」

銘亮真想大聲埋怨她：已經發生很大的誤會了，包括上次在誘蛾燈下的會晤！然而，他隨即想到，麗麗是無辜的，總有那許多不幸的事故，牽連在她身上。除了小蕙冤枉她以外；金家父子的無理要求和逼迫，更與她毫無關聯，頂多是他自己不會處理事務，才點點滴滴拖她下水，她又能負什麼責任呢！

所以，他只輕輕地搖頭。

「你們這樣分在兩處工作，」麗麗小心地似在進一步測探：「是不是雙方都覺得不……不習慣？」

「我在這裡不是很好嗎？」

「可是，我想——」麗麗眨動眼皮，注視著他的面龐。「范小姐一定希望你回去，對不對？」

銘亮沒有時間研究她為什麼要這樣說，只有輕輕地點頭。

「你是不是很快就要回去？」

「不。」

「范小姐一定會不滿意——」

他真討厭麗麗囉嗦，同時，她一再提起使他心煩的小蕙——小蕙在極短時間給他的困擾和打擊，霎時又湧上心頭。所以他憤怒地大聲說：「我有我的工作和理想，為什麼一定要使她滿意！」

大概是麗麗已獲得所需要的答案，也就很快的離開了他。

為了拋開煩惱，或是說不想被煩惱擊倒，銘亮把全部時間和精神，集中在工作上；即使有了閒暇，也不放棄閱讀的機會。所以，他很早起床，到田野去工作、讀書，或是在辦公室研究、整理資料。他說不出自己是想忘記小蕙的威脅，還是在躲避麗麗的埋怨目光，因此，除了在睡覺時間回去外，很少在陸家出現。

銘亮認為這樣生活，雖然沒有離開陸家，也已經和搬出差不多，該減少金平河的猜忌和陷害了。

當然，他是不在乎金家要什麼花招的；但為了生產專業區的發展；為了麗麗的生活和前途，他不得不收斂自己的行為，免得他人受到傷害。

王銘亮覺得這樣，過了一段寧靜的日子——像鴕鳥一樣縮在自己認為安寧的天地裡。但小蕙的父親寫來一封限時信，又使他進入緊張狀況。

信上沒有明說，小蕙的父親只是含混的告訴他，為了小蕙的事，希望見信後立刻回來！

他已沒有選擇——沒有推諉的理由和藉口。銘亮知道，他和小蕙之間的誤解，已驚動準岳父，必須做適當的解釋，才能對雙方的未來有益。

銘亮把自己的工作和業務安排妥善後，便匆匆趕往范家。

和他估計的完全不同。

銘亮希望當著小蕙的面，和兩位老人家說明自己的處境和心情；如果老人家同意他的做法，也許小蕙就不會任性的發脾氣了。

可是，他到達范家時，已是晚間八點鐘，小蕙還沒有回來。

范治平老先生很客氣的招呼他；而小蕙的母親則四處打電話，希望在小蕙經常去的親戚或同學中，把小蕙找回來，可是誰都沒有見到小蕙的蹤影。

「不必找了，」準岳父對準岳母示意。「我們先和銘亮談談也好——你在鄉下工作順利嗎？」

「很順利。」銘亮拘謹地坐在沙發的一角，見老先生的表情溫和中帶著冷漠。他不知道小蕙究竟和老人家說些什麼——老人家對他的誤會到底有多深？他又加了一句：「一切都能按照計畫進行。」

「適合你的興趣嗎？」

銘亮忽然想起小蕙曾經說過，她父親希望他能回來照顧范家的工廠，當然，小蕙的話不會假，這位老先生一定急於要他回到工廠，要他回到小蕙身旁。他提醒自己，講話必須特別小心、謹慎。

「我覺得在那兒，輕鬆愉快。」

準岳父的臉色更凝重了。「你的意思是——暫時還不想回來？」

「是的。」

「你在那兒有前途嗎？」

問題一點一滴的逼近自己，銘亮的心先緊縮起來，他不知道這位老岳父，對「前途」是怎樣的看法；他想到的只是農友們「只求耕耘，不問收穫」的認真態度，像從來不知道什麼是「前途」，只是默默地工作的情景。「鄉村裡很多農友，他們都非常信任我、倚賴我，」銘亮忽然又沉浸在自己的工作熱忱裡，覺得自己又重要、又偉大，於是他興奮地說：「我們新開闢的雜糧專業區，前途非常光明，遠景宏大——」

范治平切斷他的話，搶著問：「我是問你自己。」

他愣住了。擔任這新工作還不久，他自己究竟有多大發展，當然無法知道，那麼將來要看機會和上級的賞識；而且，他能貢獻自己的智慧和能力，為那麼多人解決困難、增進幸福，又何必計較眼前的利益。何況那麼多人不計較前途，他怎能老是想到自己。

「如果我的工作表現良好，上級會調我做更重要的工作。」

「可是，你還是你自己！」

銘亮真要大聲反駁了：「你開的化工廠，賺了很多錢，你還是你自己。不論衣、食、住、行，你一個人還能具備兩份——穿兩份、吃兩份、享受兩份？」

但他不想和老人家抬槓。銘亮知道，這只是開始，還沒有進入問題的核心，他要忍耐再忍耐。小蕙對他已不諒解了，不能再使老人家對他加深壞印象。

「我想，如果大多數人都過得很快樂、很幸福，」，銘亮裝成懵懂的樣子。「我自己吃虧一點點，那不算什麼。」

準岳丈眼睛瞪著他——他的言詞說得沒有錯，對方是無法辯駁的。

室中空氣凝結，雙方都僵持住；但準岳母坐在一旁，彷彿不準備參加討論似；這時卻走近他們，站在室中指指點點地：「銘亮，你不能這樣說啊！你要知道，我們小蕙已不小了。」

「我知道，」銘亮站起欠欠身。「您請坐啊！」

「你知道就好。」準岳母坐在他身旁，拍著他的肩頭，似在鼓勵他，又似在安慰他。「趕快回到城市來，做什麼都好商量。你在鄉下，不是有什麼丟不開的事，或者有什麼丟不開的人吧！」

銘亮猛吃一驚，連忙站起，隨即覺得自己的舉動反常，又連忙坐下。「沒……沒有，什麼都沒有。」

老夫婦倆互相凝視了一會兒，宛如交換一些心得和意見。更像是檢查預先安排好的台詞，是不是照預定的計畫演出。

「那就很好了。」準岳母似仍不想放鬆，接著嘟囔道：「我聽小蕙說，她看到一張什麼照片，氣得要命，那到底是怎麼一回事？」

「誤會，那完全是誤會。」銘亮脹紅著臉，站起來揮舞著手解釋。「我在鄉下工作很忙，做的事又是新開辦的，容易得罪人……」

兩老頻頻點頭，彷彿完全相信他的話；但他無法解釋下去。到現在為止，他還不明白小蕙拿的那張照片，是從哪兒來的。如果是金平河拍的，才能算是故意陷害；但他和麗麗，一直沒有發覺被拍攝照片；若不是金平河，又是誰？

準岳丈似乎已看出他的窘態，用手勢要他坐下。「我們相信你說的話，也認為你是個規規矩矩的好孩子；但最主要的是不要和小蕙鬧彆扭，使小蕙相信你。你為什麼一定要賴在那兒呢？」

銘亮覺得額頭冒汗，頻頻用手帕擦拭。彷彿心中有很多委屈，但不知從何說起，結巴了半天，才說了一句：「那邊的事告一段落就回來——」

「這就對了！」準岳母讚譽地說。「只要回來，如不想進我們家的工廠，其他的公司、行號多得很，還怕沒有你做的工作。」

「這……這個我知道。」

「回來工作，既有發展，又能照顧家庭。」準岳母像不肯放棄說服他的機會。「而且可以天天和小蕙在一起。你不在，小蕙這孩子的心都玩野了，那不全怪你，千里迢迢的去為了什麼興趣工作。天下事，都是做久了，興趣就自然而然產生的。為什麼要到那鄉下去找興趣？」

準岳丈大概看到他的沉默，諒定他已接受教訓——或許覺得他有難言之隱，便放鬆地指示原則。「我們都知道你很聰明、很懂事，一定會有最好的選擇。」范治平停頓了一會兒，見他沒有反應，接著說：「關於你們的事，還是由你們自己解決。我們真不願操你們的心，一切的事，你還是和小蕙商量吧！」

兩位老人家，雖然說不願操心；但說的話已夠多，指示得也夠明白，他無法辯論，只有等待小蕙當面解釋了。

一直等到十點，小蕙還沒有回來，他只好辭別二老，回到自己的家。

父親看到兒子回來，非常高興，父子倆經過一番話家常後，父親突然嚴肅地問：「你預備什麼時候結婚？」

銘亮感到很困惑，為什麼雙方的老人家都逼著他結婚？難道都是為著「抱孫心切」？

他忸怩了一會兒才說：「我要和小蕙研究了再決定。」

然而，父親摘下咬在嘴上的煙斗，大聲咆哮。「還有什麼好研究的？你們兩個都做事，生活費用不必愁，結婚還不是順理成章的事。」

「可是，我們的工作地點，不在一處——」

「那有什麼困難的？」父親背著手在室中跨大步。「不是你回到城裡來，就是她跟你到鄉下去。你一定得趕快設法解決！」

父子倆在客廳中大聲鬧嚷，把在房中睡覺的母親吵醒了。

母親揉著雙眼，打著呵欠走出來，埋怨地說：「你們父子倆談問題，也該選選時間、地點。怎麼深更半夜的還在吵吵鬧鬧！」

「銘亮難得回來，」父親語氣溫和地解釋。「我老早就想告訴他：人家對小蕙有許多謠傳——」

「謠傳些什麼？」銘亮搶著問。

「說她的生活有了變化，經常和男孩子玩在一起——」

「你真是老糊塗了！」母親攔住父親的話題。「既然是謠傳，還有什麼好說的！」

「當然，我也不相信。」父親說：「但謠言傳久了，對我們雙方都不利。所以我要警告銘亮，快點準備結婚，免得閒言閒語愈來愈多！」

母親一向是同意父親的做法和觀點的，談到這樣的婚姻大事，更附和父親的主張，所以沒有什麼好辯論的了。至於對小蕙的謠傳，銘亮不想追問。一方面母親不會讓父親再說，另一方面他也不會相信那是事實。因為人們都確信他和麗麗很要好——青年男女在一起多講幾句話，或是多幾次接觸的機會，別人就會戴著有色的眼鏡，說他們是相愛啦、熱戀啦，實際上，天曉得有多冤！

銘亮回到自己房間，躺在床上，雙方父親講的話和所表現的期望，都重複地映現在腦門：他們共同的願望，和小蕙相同，要他回來，趕快結婚。

然而，為什麼沒有人站在他的立場，為他的願望想一想。難道他根據自己的興趣，為多數人謀福利、求快樂的工作，會是錯了？

小蕙光為自己打算的想法，為什麼會獲得大家的贊同？

沒有按照三天限期給小蕙答覆，小蕙真的變了心——那不是謠傳，將是人人眼見的事實了。

離開范家已夜深，小蕙還沒有回來，真是和別的男孩子玩在一起？難怪小蕙沒有寫信給他，更沒有追查他和麗麗之間的祕密，該不是對他一種絕望的表示吧！

明天見到小蕙，要好好責問她——不，他不能像小蕙見了他查詢麗麗的事那樣，他要裝得像什麼都不知道——使她自己感到愧疚。

愧疚的應該是他自己。父親說是謠傳，別人也謠傳過他和麗麗的事，小蕙一定是被冤枉的了。

銘亮輾轉在床上，思潮洶湧、顛簸，他又經過一個失眠的長夜。

28

王銘亮眼睛瞪著自己的手錶，已是六點四十五分。秒針一格一格地在錶面上爬，似乎走得特別慢——非常矛盾，更像跳得特別快。小蕙答應他六點來這兒，現在已經整整超過三刻鐘了。

他知道小蕙是故意遲到，為了對他的報復。白天據說上班，工作忙，沒有時間和他見面。實際上，天曉得她忙些什麼。如果她想出來，沒有什麼緊急的事可以阻撓她行動的。

倒是他確實很忙。陳總幹事又是長途電話，又是限時信，要他立刻回去。因為專業區發現有「玉米螟」蟲害的現象；而且金德豐在他自己的土地中，大量噴灑農藥，農友都擔心那邊的害蟲全遷移到專業區來，所以希望他能立刻想出方法來對付日益嚴重的蟲害。雖然他在電話中已告訴總幹事用藥的種類和藥量，但沒有親自到場察看，內心感到非常不安。而小蕙卻一直延遲著不肯和他見面。過去的誤會已夠深，如此次回來，再不設法彌補，用事實和言語解釋，裂痕將會更深、更大。

這家飯店的生意很好，每張大桌、小桌都坐滿了人；門口的長沙發上還坐著食客在「排隊」等待。穿制服的女服務生，在他的座位旁梭巡，彷彿急於要他點菜或是想要他讓座位給別的客人——他是多麼的焦急啊！

六點五十分。小蕙終於來了。

她穿了一身淺藍的洋裝，戴闊邊的黑色尼龍帽，直著脖頸昂然地走向他。

銘亮為了彌補以往在鄉間對她的歉疚；而且在晤談之後又要急著離開，所以他要表現得特別慇懃、友好。

他站起為她拉開桌旁的椅子，伺候她坐下，接過她的帽子和手上的皮包，放置在適當的位置，又遞毛巾為她擦手，同時還讚美她的新裝——他覺得自己對她從沒有這樣體貼過；但為了談判順利，不得不委屈自己一點，希望使小蕙感到滿意，一切問題便好談了。

菜牌來了，也是先由小蕙點菜；而他所點的，也是小蕙喜歡吃的，總之，他是預備犧牲到底。和她談完話，送她回家後，他便要坐夜車趕回鄉間。

例行的招待過後，銘亮準備討論問題了。但小蕙比他先開口：

「你已決定回來了，是不是？」

小蕙一下就擊中他的要害，他預先起好腹稿的話，都堵塞在喉頭無法說出。

「那……那邊還有些事，無法結……結束，」銘亮囁嚅地想理由搪塞。「還要過一個短時期。」

「這樣說，你找我幹什麼？」

銘亮的心已涼了半截，對方怎可以這樣講話。她是他的未婚妻，長久不見面，兩地又相隔遙遠，回來後晤面敘家常，應該是天經地義的事。

「我恐怕妳對我發生誤會，所以要當面解釋清楚——」

「有些事是不能用空口說白話來解釋清楚的。」她冷笑了一聲。「你該用行動表示你的決心！」

「行動？」

「立刻辭職，離開農村，離開那個長頭髮的什麼麗麗、美美！」

銘亮急得抓住塑膠盤裡的白毛巾，連連搖擺，連連擦拭額頭的汗珠。「冤枉，麗麗和我一點關係都沒有。」

「那最好不過了，」小蕙扭轉身軀，像是故意躲開他的注視。「這樣你離開那個工作，不是就毫無困難了！」

「不，不。」銘亮急忙分辯。「我的困難很大，但和麗麗無關。」

小蕙繃著臉，似乎要把滿腔憤怒，全擠在面龐上。停了很久，才說出一句話：「那你還要來找我！」

「我要誠懇地告訴妳，」銘亮說，「有時候，如果我們犧牲一點自己，能為很多人帶來好處，那麼，我們就必須忍耐一點。」

但是，小蕙沒有答腔，只是低頭吃東西。像是默默接受，更像是沒有聽懂他的話，正在細心咀嚼、思索。

銘亮接著說：「可惜，上次妳在鄉間的時間太短了——」

「時間太短已給你很大的不方便，太長那不是更糟！」

「不會，不會。」銘亮否認道。「那樣，妳會看到很多、很多的人，不求名、不求利、不顧成功和失敗在默默地工作；妳看到了，一定會很感動，就不急著要我回到城市來了。」

「可惜，我看到的只是談情、說愛的鏡頭！」

現在，輪到銘亮低頭吃東西了。照這樣談下去，是沒有辦法解釋誤會的；而且誤會將是愈陷愈深，必須用一點新的力量把局勢扭轉，才對自己有利。

於是，他心底做了新的決定。「妳不要再提麗麗的事了，」銘亮用安慰的口吻說：「麗麗有要好的男友，已到談婚嫁的階段，馬上就要訂婚、結婚了。」

「男友是誰？」

「是她的一個同學，姓金。」

「是不是叫金平河？」

銘亮霍地站起，但隨即覺得自己的舉動太緊張，便趁勢藉口叫了女服務生，才算敷衍過去。

他坐下裝得漫不經心地問：「妳怎麼知道的？」

「你以為紙會包住火！」她說：「事情非常簡單。我告訴你：因為麗麗和金平河非常要好，而你插進他們情感漩渦，所以金平河才偷拍了你們親密鏡頭的照片——」

「哦——照片是他送給妳的？」

「這還要問。你應該知道，金平河想盡所有辦法，要你離開他那愛情的據點；可是，你卻為著那個美美、那個麗麗賴著不肯走——」

銘亮搖著雙手申辯。「我可以發誓，不是為了她！」

小蕙又專心吃菜，沒有理會。當然，他知道對方是在想辦法駁倒自己。小蕙是個不服輸的人，在他面前，總是要占上風。尤其在抓住他的「把柄」以後，更要表現出自己的優越感。

「我是為了自己的工作，為了自己的理想，為了那許許多多勤勞而又純樸的農友。」銘亮一口氣說下去，再堅定地加了一句：「我絕不是為了她！」

「不為她，也應該為我啊！」小蕙已放下碗筷，從皮包中找出手絹輕輕捺著嘴和臉。「我希望你在我身旁，你卻離我遠遠的；我爸爸希望你能對他的事業，助一臂之力，你卻寧可幫助那些和我們毫無關係的人。」

「可是——可是妳自己也離開了他老人家！」

「我和你不同，我做的是雞毛蒜皮的小事，誰都做得了；而且我爸爸從來也沒有想叫我這個女孩子挑重擔的意思；可是，他對你的期望不同，你是應該知道的！你怎麼可以裝糊塗？」

他沒有裝糊塗，實際上已非常糊塗了。她應該留在自家的工廠裡實習，從小事開始了解，了解擴大、加深、熟悉全盤業務，怎可以輕易離開，去另外一家公司和那公司的負責人鬼混……

銘亮忽然想起父親以及其他朋友們，對小蕙行為的若干暗示，氣惱和懷疑霎時全湧上心頭。

「他老人家雖沒有想要妳挑重擔，」銘亮認真地說：「但也沒有要妳的生活離譜，和不三不四的人混在一起！」

「你指不三不四的人是誰？」

「當然是指那姓蘇的！」

小蕙笑了起來，雖然笑得勉強，但銘亮心裡還是像被針猛刺了一陣，感到非常不舒服。

「你也知道了，那很好。」小蕙臉上的笑意全失，已敷上一層嚴霜。「姓蘇的時時關懷我、照顧我、陪伴我；他不像你那樣冷落我，所以我們常常在一起。但是，我要告訴你，你沒有資格管我！」

「我不是管妳，只是提醒妳守本分——記住我們的婚約！」

「可是你自己呢？是你先不守本分、不守婚約的，我才學你的樣。」小蕙站起身，抓著自己的東西向門外走。「這些你現在不必談，等你決定回來以後，我們再詳細討論！」

銘亮愣視著小蕙賭氣地得得走出大門；他本來想搶先攔住她；但隨即想到她不會留下，即使留下也無法再談下去。再說，他也急著要回專業區；心中沒有全部表達完的意思，回去以後再寫一封長信，向她剖析事理、分析原委；還要勸告她，一個淑女的行為和態度，比任何事都重要。不當面發生言語衝突，也許小蕙容易接受些。

他疲憊而又失望地站起，走向櫃台付帳離開飯店後，仍在思索要如何設法改變小蕙的生活方式和對人生的看法……

29

銘亮工作到深夜，正準備睡覺時，忽然聽到輕輕的敲門聲：

「篤……篤……」

他最初以為是隔壁的人家在敲門；但隨即覺得這緩慢有節奏的敲門聲很熟悉，於是他走近門旁問：「是誰？」

在門縫裡擠進微弱的聲音：「我是麗麗。」

他猶豫了一下，還是打開半扇門，想在門口和她談幾句話，不讓她進門。因為他剛看過錶，快到十二點了；這時還和麗麗在一起，難免不引起是非。

「我有要緊事和你商量！」麗麗邊說邊向門內擠。

他不得不閃身讓開。

麗麗進了門就把門關好，倚在門背上說：「很抱歉！這麼晚了，還要打擾你，妨礙你的休息時間。」

「不要緊。」銘亮見她眼睛紅腫，似乎面頰還有淚痕，連連安慰她。「妳有事，趕快說出來，不要悶在心裡；也許我會幫妳想辦法。」

他的話剛一說完，麗麗便踅轉身，伏在門背上抽噎地啜泣起來。

王銘亮又愣住了，想不出麗麗為什麼會這樣。以前他已有過兩次撫慰她的經驗，雖然使她安靜了，但卻招了不大不小的兩次麻煩。如果現在任她這樣在門旁哭下去，也許為他惹的麻煩會更大；此刻是關起房門，不會有人看見，更不會有人偷偷照相。於是他拉著麗麗的臂膀，半擁半抱地拉她在長桌旁的椅子上坐下。

「不要哭了，」銘亮拍著她的肩頭，像安慰小孩。「有委屈快點說，說出來心內就舒服了。」

「我……我家裡要我……要我嫁給金……金平河……」她沒說完，又伏在桌上哽咽起來。

像一串很長、很長的鞭炮掛在銘亮頭上爆炸。他的腦海、耳中迴繞著一陣陣噼噼啪啪的聲響，他僵立在麗麗身旁，喃喃地問：「這是從何說起？」

「金家派人來說媒好多次，我爸爸媽媽最初都不同意，可是，可是現在——」麗麗抽噎聲加大。「全動搖了！」

銘亮要她停止哭泣，再問她動搖的原因。

沉默了一陣，麗麗情緒也平靜了很多。她說：「自從范小姐來過我們家以後，媽就認為我不應該疏遠金平河！」

「那……那是兩碼子事啊！」銘亮皺起眉頭說：「她該問妳願不願意。」

「可是，媽說，我和金平河從小就在一起，而且金家在此地是首富。她說，我不應該和訂了婚的你太接近，所以——」

麗麗沒有再說下去，但銘亮已知道她要說些什麼。本來，這是她家的家務事，與他無關；但其中牽扯到他。他是不是訂婚，與麗麗和金平河有什麼關係？既然現在麗麗找上門來請教他，他覺得似乎有義務關心一下。

「妳父親怎麼說？」

「最初他反對。」

「後來呢？」

「金家請來的人反覆糾纏，還答應很多對專業區有利的條件。」麗麗頓住一會兒才接著說：「他說讓我自己決定。」

銘亮忽然覺得有一線曙光，在眼前一晃。「那對妳不是非常有利嗎？」他親切地問：「妳自己到底要怎麼樣？」

「我就是拿不定主意，才來問你啊！」

銘亮覺得這是一個笑話，如果不是眼前的氣氛不對，他真要哈哈大笑一陣了。是她要嫁給金平河，別人怎能代她決定終身大事，但他此刻還是儘可能的要給她一些忠告。

「婚姻沒有愛情做基礎，就像沒有源頭的泉水。妳應該慎重考慮自己的未來。」他覺得自己心情很沉重，這時說這不關痛癢的話已嫌太遲。所以忙著轉換話題：「如果妳同意呢？」

「馬上就要訂婚、結婚了。」

「如果妳反對，會有怎樣的結果？」

「那我還不知道。」麗麗沉思著說。「媽媽和哥哥已偏向那一邊了；只有爸爸採取中立。時間久了，難免不會動搖——你認為我應該反對嗎？」

銘亮覺得麗麗目光直視著他，似乎含有無限的盼望和期求，像是他能立刻指引她一條坦途，走出迷津。但是，他有什麼資格、有什麼力量，代替麗麗決定呢？

他茫然地搖頭。「我對妳這件大事，無法表示意見。」

「你認為我該答應他們嗎？」麗麗又換個方式問。

他知道麗麗對金平河的印象惡劣。「那要問妳自己，只有妳自己知道應怎樣做才對。」

雙方又沉默下來。麗麗想把自己的難題踢給他解決，他仍然踢還給她，覺得麗麗該離開這兒回去休息了。

「就是因為我自己不能決定，才來請你替我出主意，」麗麗不滿地責怪著。「你總要給我一點具體意見啊！」

「這是妳自己的事，也是妳整個家庭的事，」銘亮連連搖頭，忽然想起一個脫身的辦法。「妳為什麼不去找妳姊姊元芬商量一下！」

麗麗倏地站起身，興奮地說：「對！我應該請教元芬姊姊，姊姊和姊夫都支持我，這樣在家裡的反對金平河的票，就比同意票要多得多了。」說完，她已舉步走向門口，忽然她像又想起什麼，踅轉身凝視著跟在她身後的銘亮：「你現在是不是要急著回去？」

「不，專業區的工作沒有結束，我還不能走。」

「可是，誰都知道——金平河到處放空氣——范小姐，」麗麗又頓住，似在考慮下面的話如何措詞。她說：「你很快就和范小姐結婚。」

銘亮苦笑，連連搖頭。「不會很快，而且，將來還不知道如何演變——」

「為什麼？」

「她不滿意我離開她；而我又無法在短期內回去。誰知她會出什麼新花樣！」銘亮忽然之間也憤怒起來，覺得小蕙太任性、太自私，她愈逼他回去結婚，他愈不想順從她的意願。所以，他又加了一句：「結婚的日子早著呢——我根本就不想結婚！」

「那真好！」麗麗踅轉身自言自語。「我也不要結婚。和性情不同、志氣不相投的人生活在一起，還不如一個人的好！」

銘亮愣愣地看著麗麗開門出去，再順手關起門。他忽然若有所得，也彷彿若有所失。

躺在床上，輾轉反側，又增加一個長長的失眠夜。

銘亮聽到很多有關小蕙生活浪漫的傳說。當然，他知道小蕙是在故意氣惱他，激他早日回到她父親的工廠；但閒話太多，銘亮也感到受不了，又寫了很長的信，委婉地勸她，學習忍耐、等待，他總會回到她身邊的。

但沒有回信；而關於小蕙和蘇榮德雙雙進出的消息，不斷傳進他的耳中，他連寫數封長信，才收到小蕙的寥寥幾句話：「我現在很忙，你的長信，我沒有時間去讀，你還是回來當面講吧！」

他感到又氣惱、又痛苦。工作忙碌，沒有時間回去；即使能抽出時間回去，又能和態度改變的小蕙討論出什麼結果。

內心的痛苦，只有忍受著，不能和任何人商量。麗麗自從拒絕了金平河的說媒攻勢以後，似乎沉寂了許多，很少接近他——也許是他在躲避麗麗。總之，他們很少在一起講話、討論問題。銘亮總要使別人（包括他自己在內）了解：麗麗不答應金家親事，是她自己的意志，和他無關。

但銘亮也時時反問自己，他這樣費盡心力，這樣用行動表示自己的意願，別人了解嗎？麗麗的父母或是金平河的一家諒解嗎？

任何人沒有問過他，他當然不能向別人解釋；即使費盡口舌解釋，說得清楚嗎？他極不願意麗麗接近他；但幾天見不到麗麗，又擔心自己在什麼時候、什麼地方，又有什麼言語得罪了麗麗，所以麗麗才故意迴避他。一直等看到麗麗笑嘻嘻和他談話後，才放下沉重的心。

他的確是處在又矛盾、又痛苦的生活中。

但在工作方面，他是又忙碌、又興奮。

專業區的玉米豐收，農友們的收穫量比預期的還要多；而玉米的市價比保證價格高，農友們自由買賣後，收入大幅增加，生活改善了很多——小冰箱換大冰箱，黑白電視機換彩色電視機。銘亮走到農村任何角落，大家都笑呵呵的和他打招呼。

玉米收割以後，接著按照農會的計畫，開始種高粱，大家又開始興奮的忙碌起來。

最高興的該是農會總幹事陳明書了。生產專業區從規畫到生產，都是經過他的手和腦才成功的；而農會的存款，不但打破歷年來的紀錄，而且在不斷的升高，很快的就突破新台幣一億元的大關。

陳總幹事為了紀念生產專業區帶給全鄉民眾的繁華和富庶，便決定舉行慶祝大會，邀請各界人士參觀成果。

當然，王銘亮也極為高興，因為一年來，他所花費的精力和時間，由於生產專業區的順利推展，證明並沒有白費；所吃的苦頭，和受的冷落也都將因慶祝大會的舉行，而得到慰藉。所以他也邀請自己的父母和小蕙來參加慶祝大會，同享他事業順利成功的果實。

慶祝大會是在上午十時舉行，但銘亮的父親頭一天就到達，參觀銘亮的工作和生活環境，兩老對銘亮的工作成績很滿意。

可是，小蕙一直沒有消息。銘亮不知道她是來，還是不來。

明禮村全體民眾為了慶祝豐收，家家宴請親友（銘亮的父母，也是陸家的貴賓），同時在街頭演出歌仔戲，以表示內心的喜悅和興奮。

在慶祝大會還沒開始之前，銘亮陪著父母欣賞了地方戲，同時也瀏覽了村裡的名勝風光。

他看到金平河背著長鏡頭照相機，在台上、台下為歌仔戲明星花豔春照相，一忽兒在前台，一忽兒又跑去後台。看起來，他也很忙碌、很興奮——又找到他表現自己才能的機會了。

大會在農會三樓的會議廳舉行，好像每層樓都擠滿了農友和來賓。銘亮把父母安排在陸耀農夫婦的鄰座，因為在他忙公事、招待客人的時候，二老可以有人談話和照顧。

銘亮在會議廳轉了一團，和所有他認識的來賓打了招呼，正準備下樓回到自己辦公室拿資料時，在樓梯口碰到金德豐，正氣吁吁地爬上三樓。

銘亮微笑地點頭：「金先生，您好！」

金德豐連忙伸手握住銘亮的手搖撼，大聲地喊嚷：「王先生，我正在到處找你！」

「有何指教？」銘亮驚詫地問。

「不敢，不敢。」金德豐連連搖撼著他的手。「我有點小事想請教一下。」

「請你吩咐，我一定盡力去做。」

「我想知道——」金德豐又猶豫起來。「現在，還可不可以參加生產專業區？」

銘亮心底感到一震。「當然可以，專業區的範圍，愈大愈好——每一個耕作單位，愈完整愈好。」

「如果把我的土地，現在來參加專業區來得及嗎？」金德豐放掉他的手，拍著他的肩頭。「請你跟我研究一下好不好？」

銘亮知道專業區因為缺少他的土地，顯得殘缺不全，大家總認為那是一種遺憾。如果現在增加了他的土地，每個耕作單位就會方方正正，機耕、施肥、灌溉……都方便得多；但現在他不想直接告訴他。

「你應該去問陳總幹事，」銘亮說，「那是他一手策畫的。」

「可是，我不大好意思和他商談，」金德豐滿臉赧然。「我拒絕了他好多次建議。」

「您現在怎會突然想起要參加？」銘亮還是刺了他一下：「你投資的加工廠呢？」

「我最近詳細研究了『雜糧生產專業區計畫』，覺得你上次和我談的很有道理。」金德豐說：「為了大家有好處，我自己損失一點，那又算什麼。」

銘亮忽然想起麗麗說過的話：金德豐見有利可圖，自然會申請參加。現在真被麗麗說中了。

「事實也證明我的話沒有錯，」銘亮不想再算過去老帳，但還是藉這機會教訓他：「由很多專家設計和由全體農友共同建議的專業區，當然比個人蠻幹的效果要好得多。」

「你的話一點兒都沒有錯，過去我是聽我那個不長進的兒子的話，投資加工廠，吃了很多虧，以後要請老兄多多幫忙，多多幫忙！」金德豐連連鞠躬，表現出很大的歉意和誠意，然後他才轉身擠進人潮和大批賓客歡樂在一起。

銘亮正充滿興奮的心情，準備下樓時，見麗麗慌慌張張地跑上來，高聲喊：「王先生，有電報！」

「電報！」銘亮這才見到麗麗手中搖晃的信封。「哪兒來的？」

麗麗把信封遞在他手中。「你自己看吧！」

他打開沒有封口的電報信封，見歪歪倒倒的二行字：

銘亮：我不參加你的專業區慶祝大會，因我要籌備和蘇榮德的結婚典禮。

范小蕙敬賀

王銘亮捧著電報紙大叫：「這叫什麼話！」

但他隨即覺得有很多貴賓在四周看著他；而且身旁的麗麗正睜著一雙大眼凝視著他的舉動，他忽然覺得羞赧起來。他被別人拋棄了，而且當著整個慶祝大會的人們，宣佈他在愛情方面的敗北，他在大家面前抬不起頭來；尤其當著麗麗的面——麗麗一定看過這沒有封口的電報，他男性的自尊全被小蕙摧毀了，他一定要回去找小蕙算帳。

銘亮沮喪地把電報紙順手塞在麗麗手中：「妳看，我該怎麼辦？」

麗麗低頭大略看了一眼：「你應該高興才對！」

「為什麼？」

「婚姻沒有愛情做基礎，就像沒有源頭的泉水——」

不錯，這是他心中的話，也說給麗麗聽過。他過去一直想緊緊拉住要離他而去的小蕙，又抗拒企圖接近自己的麗麗，難怪生活在矛盾、痛苦的罅隙中，處處感到不快樂。想不到在這最緊要的關頭，小蕙卻打來了這份電報，像是解開他內心的羈絆和約束——打開他心底的一個死結，忽然感到輕鬆了許多。

他伸右手去抓麗麗手中的電報，也分不清是有心還是無意，卻抓住麗麗握著電報的那隻纖柔、細膩的手，大聲喊嚷：「我要告訴爸爸媽媽去！」

銘亮拖著麗麗擠近父母身旁，然後他用左手把麗麗手中的電報送在父親的面前。

父親看完電報搖著頭說：「小蕙的父親，也告訴我要解除婚約；因為你正忙著慶祝大會，我想在會後告訴你。想不到小蕙這孩子，竟這樣胡鬧！」

母親也接著說：「小蕙那孩子，被她爸爸寵壞了，愈來愈不像話，我們真不稀罕這門親事！這份電報讓我帶回去，我們和他正式辦理解除婚約手續。不過——」母親的目光一瞬，話鋒突然一轉：「麗麗，妳不要跟著他們忙，坐在這兒歇一下，我們談談也好。」

「哎喲——」麗麗驚叫一聲，像是剛發現她的手被銘亮握著站在兩對老人面前，急忙抽出手叫道：「樓下辦公室還有人在等著我……」她沒說完，就一溜煙跑了。

銘亮也感到不好意思，向微笑的陸耀農夫婦點點頭，便藉著招呼客人的機會擠進人群。

而慶祝大會正準時舉行，農會總幹事長剛站上主席台，群眾已掀起鼎沸的鼓掌聲……

30

銘亮和麗麗的婚禮，半年之後，也在農會的會議廳舉行。

由於金德豐也參加了生產專業區的耕作單位，同時大家的經驗也豐富了，不論雜糧的品種管制、栽培技術、收穫、運銷及輪作制度，均有很大的改進。所以婚禮是在一個豐收的季節之後。雙方參加婚禮的親友不少，很多農友也聞訊來觀禮。

陳總幹事和顏興華是介紹人；而金德豐在「來賓致詞」時，自動的笑嘻嘻上台講話。他除了祝福這對郎才女貌的新郎、新娘外，還意味深長地說：「生產專業區，帶給新郎、新娘幸福美滿的愛情；但大家希望新郎、新娘今後更努力地為生產專業區工作，生產專業區將會帶給大家更多的幸福和快樂的生活！」

婚禮在大家鼓掌聲中結束。

新郎、新娘切蛋糕，分饗來賓。

接著開始他倆的蜜月旅行。

特載

對映體結構形態處理技巧

——蔡文甫小說《愛的泉源》藝術探討

李　偉

蔡文甫先生一九二六年生於江蘇鹽城，一九五〇年四月赴台，曾主編《中華日報》副刊二十一年，創辦九歌出版社、健行文化公司、天培文化公司、九歌文學書屋等並設立九歌文教基金會。二〇〇五年獲金鼎獎特別貢獻獎。著有長短篇小說集《雨夜的月亮》、《解凍的時候》、《女生宿舍》、《船夫與猴子》等十多部，作品被譯成英文、韓文；自傳《天生的凡夫俗子》，獲中山文藝傳記類文學獎。在出版業和文學創作都取得很大成就的蔡文甫先生鮮為大陸人所知，特別是他的文學成就。

小說《愛的泉源》是他的力作之一，出版於一九七五年，重排版於一九九五年，是一部描寫「台灣南部」城市和「農村兒女」的不同人生觀、事業觀、愛情觀的小說。文本中的男主角王銘亮為了「三個鄉鎮的病蟲害預測」和「雜糧作物生產專業區計畫」的實施，為了有益於這一服務區農友的事業，「在農村默默辛勤工作」；他的未婚妻范小蕙，是企業界有一定地位的范治平的女兒，她無興趣在父親的企業做事，經同學許美玲介紹到追求她的蘇德榮的公司去工作，但她極希望王銘亮能到她父親的企業去幫忙，同時，她也希望王銘亮廝守在自己的身邊，生活在都市。他們各執己見，互不遷就，「再加上有心人故意挑撥、離間」，不得不分道揚鑣。最終，王銘亮與房東的女兒、同事陸麗麗結合，范小蕙與蘇德榮訂婚。文本故事時間長度為一年半，但在敘述中，敘述者並沒有完全沿著敘事虛構作品以時間為主導的敘述傳統的老路走，而是削弱時間功能，創建一種對映體結構形態，處理故事情節的發展和人物的行動，把生活化的瑣碎事件組合為文本的有機部分。本文將從空間對映體、人物對映體、事件對映體的建立及其所凸顯的內在意義來剖析《愛的泉源》的對映體結構形態處理技巧。

一、空間對映體顯現文化對立

《愛的泉源》建造了兩大空間對映體：台灣南部農村——以明禮村為中心和某一

都市。這兩大空間對映體如同兩大建築物對峙而立：一個是台灣傳統建築風格，一個是西方現代建築風格。兩大建築物表徵著不同的文化，既形成對立，也互為映照。後者，是都市文化，是現代西方文化的打造品。人們吃著西餐，喝著可樂，玩在歌舞廳，住的是樓房，談論的是生意，是價值觀；男子穿著西裝，女孩子穿著超短裙；大街上車輛穿梭，晚上燈光耀眼……。這裡的一切不論是物還是人，都被外來文化所包裝，原本的傳統文化成為沉澱物。而前者，儘管現代工業產品也部分進入農友家庭，人們受用著電視、電冰箱……，這些影響人們原有的生活方式，但無力動搖沉澱在人們骨髓裡的中國古代傳統文化的根基。人們住的依舊是「紅瓦、灰墻的房屋」，頭上仍「戴斗笠」，青年男女交往，女孩子會「很羞怯」，他們依然會被「大家」「用幾分新奇的目光注視著」，「這兒沒有其他娛樂場所」，「唯一」有的，只是一家「電影院」。都市文化的勁風驅逐不了這裡的純樸、自然、和諧的民風；相反，民風和促使民風的厚重的傳統文化卻抵抗著都市文化的「入侵」。

這兩大空間對映體是隔斷的，是彼此獨立存在的，因而，二者的對映關係和文化對立現象並不易被察覺，但，作者十分巧妙地通過某一事件或某個人物作為媒介，將兩個空間對映體加以關聯，把對映關係和文化對立現象顯現出來。最為有趣和明顯的是范小蕙的「迷你裙」。范小蕙從都市坐車到明禮村來向王銘亮興師問罪，在街上遊逛的時候，她發現了這樣的問題：「也許是她的裝束和這兒的人們不同，已引起了很多行人的注意。她把鮮豔的迷你裙往下拉一拉，想遮住裸露太多的大腿；但那只是白費力氣。在城市倒不覺得自己的衣裙太短，怎麼和這兒的女孩一比——再從別人注視的目光中，就體會到短得太多了。」我們應該看到，在小說中，出現在明禮村的范小蕙既是一般的書寫個體，也是重要的書寫媒介體，是她將兩個對映體的對映關係和文化對立現象明顯化。「她的裝束」，她的「迷你裙」象徵著都市文化。「在城市倒不覺得自己的衣裙太短」的她與她生活的都市文化是合拍的，或者說，是都市文化的薰染才使她有這樣的造型；在來到明禮村的最初，她並沒有覺得自己與這一空間的文化格格不入，當「從別人注視的目光中」獲取信息之後，才意識自己的裙子比「這兒的女孩」「短得太多了」，大腿也「裸露太多」。明禮村人眼中的她的造型是他們所擁有文化的異質對象，是不能相容的一種文化；明禮村人「注視的目光」是文化對抗心理的反應。明禮村人目光中的她，和她目光中的明禮村人，是代表著兩種文化，目光的相遇也就是文化的相撞。文化碰撞的火花在范小蕙心中綻開，當她從明禮村回到都市之後的一天中午，應蘇榮德之邀來到一家飯店之後，她發現：「這飯店的情調，和那冰果店絕對不同。吃早點的顧客很多，人人臉上的表情，像是有所為而來，談生意，話家常，交換價值觀念，哪裡會像鄉下那純樸、自然、清幽……？」我們說，范小蕙的這種文化對抗感受正是作者建造的兩大空間對映體文化對立現象書寫所要表明的，也是所希望的效果。

這兩大空間對映體的建立，十分有利於它們對映關係密度和文化對立現象強度的增大。兩大空間對映體就像兩個大倉庫，根據各自的文化特質的定位，可以將若干個文化分類地存儲進去，不會受到容量的限制。因為我們必須承認，這個「大倉庫」——空間，是與現實實體相區別的，它並不是「物理和數學上可以測量的空間形態」，而是文本的虛構空間，並不像「在現實中那樣確實存在著」。（註1）再因為，我們還必須承認，文本中所描述的文化不管是物質的還是非物質的，特別是物質的，同樣也與現實實體相區別。鑒於這個意義上的認識，我們說，作者創建的空間對映體既是有限也是無限的空間，而文化的容納卻是無限的。不管文化的容量有多大，就如作者所處理的那樣，只要將它與人物或敘述者相關涉，就會有效地凸顯其特質。特質愈加分明，作為對映體的空間，它們的對映關係也就愈加清晰，對立強度也就愈加突出。

1 〔荷〕米克·巴爾，《敘述學：敘事理論導論》（第二版），譚君強譯，北京：中國社會科學出版社，二〇〇三年，頁一五七、頁一二～一三。

二、人物對映體形成觀念碰撞

《愛的泉源》的人物處理與傳統方法有著明顯的區別，後者往往通過敘述者的不斷敘述或評價，把讀者引向有關人物性格或形象特徵，以及人物關係等方面信息的捕捉；而前者則儘可能少地讓敘述者敘述，像海明威那樣盡量「抹去敘述的痕跡，使敘述者」儘可能多地「讓位於人物」，「把發言權」「交給人物」，並使人物「占據前台」（註2）；不過，作者沒有完全成為海明威的「影子」，他通過人物對映體中心構建來展現人物和人物間的關係，使人物的諸觀念在互映中互顯，把讀者帶入另一種藝術享受。

小說一開始，作者就謀劃好了人物對映體中心構建。王銘亮為了自己的興趣和理想，而遠離未婚妻范小蕙來到明禮村，住到了陸麗麗家，而陸麗麗對王銘亮是拒斥和冷漠；范小蕙為了排遣王銘亮走後所產生的內在空虛和無聊，似願非願地接近了蘇榮德，蘇榮德為追求范小蕙，對她百般殷勤，甚至獻媚。這樣，王銘亮與范小蕙的對映關係，蘇榮德與陸麗麗的對映關係，也就基本確定了。雖說王銘亮與范小蕙原本是一對戀人，似乎不需要構成對映體，但事實上，他們的愛情並沒有基礎，作者將他們作為對映體正是為了表明這一點，表明他們的愛情破滅和分道揚鑣是自然的結果。蘇榮德與陸麗麗這一對映體，從人物的關係來看，從文本的敘述開始到結束，他們都沒有相遇過，也不存在任何一種形式關係。觀此而止，自然有人會問：那作者是以什麼凝聚對映體和構建對映體中心的呢？

對這兩個問題的回答，可以概括為一個詞：觀念。我們隨著對映關係的展開便可清楚這一點。

王銘亮與范小蕙的對映關係是以人生觀為紐帶；而蘇榮德與陸麗麗的對映關係是以愛情觀為紐帶。王銘亮與范小蕙訂婚是文本中的一個歷史性事件，但他們何時訂婚的，為什麼訂婚和訂婚的愛情基礎如何，文本始終都沒有提及。應該說，自由戀愛的青年男女訂婚就意味著他們的愛情進入成熟期，基礎是相當牢固的。可是，王銘亮與范小蕙的愛情似乎並不這樣，他們的愛情發展不是在訂婚這個人生里程碑上走向更好更完美，而是隨著王銘亮離開都市之後，不斷地惡化，直到破滅。他們的愛情之廈倒塌的真正原因，可以說，並不完全是因為「有心人故意挑撥」而造成的；退一步說，

2 張薇，《海明威小說的敘事藝術》，上海：上海社會科學院出版社，二〇〇五年，頁九三。

即使沒有「有心人故意挑撥」，他們的愛情也不會到永遠。因為，他們的人生觀不同。王銘亮摯愛自己的專業，追求自己的理想，他的願望就是「為多數人謀福利、求快樂的工作」，因而，他「把全部時間和精神，集中在工作上；即使有了閒暇，也不放棄閱讀的機會。所以，他很早起床，到田野去工作、讀書，或是在辦公室研究、整理資料」。而范小蕙是一個沒有明確理想的人，她沒有人生追求，如果說有的話，那就是：她希望有一個青年男子關心她，體貼她，順從她；她到蘇榮德公司去工作，是為了逃避父親的管束，是為了打發時間，是為了解悶。她對王銘亮放棄都市生活，而到農村去工作無法理解，對他的人生觀不屑一顧。

蘇榮德與陸麗麗的愛情觀不同。蘇榮德的愛情觀是對漂亮年輕女性的占有。在文本中，他與范小蕙的第一次接觸就帶著目的性，為達到這個目的，他追求范小蕙不是以感情為力量，而是以手段為能事。他為了得到范小蕙設下了一個又一個圈套，循序漸進地把范小蕙緊緊地控制在自己的手中，最終得到她。而陸麗麗對王銘亮的愛是由排斥開始的，在後來的交往中，轉向友好，再轉向暗戀，因為她知道王銘亮與范小蕙訂婚了，直到范小蕙與王銘亮解除婚約之後，才將暗戀「亮相」。她對王銘亮的愛是以感情、志趣、事業觀為基礎。

以上論及的兩對對映體構成了對映體結構中心。對映結構中心的建立便於小說中的其餘人物在各自的空間中按照自己的方式展現自己，並能極大地豐富文本的內容。但由於兩大空間對映體的建立使主要人物的活動空間受到了一定的限制，也就是說，主要人物不便於在兩個大空間之間走動。為了消解這一不利因素，並使人物對映體結構中心得到建立和不使它被解構，作者特別注意人物對映體的聯綴處理。

在小說中，金平河這個人物不是一個主角，但他的紐帶作用是不可忽視的。在文本中，他的位置和作用比較特殊，是明禮村富豪金德豐之子，是陸麗麗的追求者，是一個「既不讀書，又不肯做事，成天游手好閒，打架鬧事」之徒。他與文本中的各人物對映體都往來。由於他的「上竄下跳」，不同空間對映體中的人物對映得到了關聯，使對映成為可能。不論是王銘亮與范小蕙兩個對映體，還是明禮村與某個都市兩個對映體，以及范小蕙與蘇德榮的愛情和王銘亮與陸麗麗的愛情的對映、雜糧作物生產專業區計畫實施與金德豐的自私不合作的對映，等等，對映關係惡化也好，改善也好，總之，與金平河不同程度的催化有關。作者選擇金平河作為各對映體關係的紐帶，此手法是高明的。

三、事件對映體揭示品質差異

在進入問題討論之前，我們有必要對我們所說的「事件」作一個界定。關於事件界定，在學界可謂眾說紛紜，莫衷一是。如果我們將具有代表性的米克・巴爾的「事件」界定作為標準的話，那麼它不能滿足我們的要求。他說：「在本書中，事件被界定為『由行為者所引起或經歷的從一種狀況到另一種狀況的轉變』。」(註3)我們說，「轉變」是由行動者的前後兩個行動的差別構成；在文本中，從語言學的角度來看，它是通過兩個不同的謂詞來完成。這樣，他的事件界定的「界」就太狹小了。如果我們參照米克・巴爾的界定，那麼我們所要界定的事件就是指一系列的事件，或者說，是事件序列，它可以成為一個獨立的小故事。為了表述上的方便，故我們不能以「小故事」來取代「事件」。

《愛的泉源》在事件處理方面具有自己的獨到之處，作者往往隱蔽前一個事件與後一個事件相連接的時間標記，或模糊事件間跨度的時間量。換一個說法，就是作者把事件從時間軸上切割出來，在將具有空間——時間維度的事件重新組合的過程中，儘可能地把它在時間軸上所擁有的時間順序性標簽摘除掉，對事件作空間化的處理。但他的事件空間化處理又不同於一般方法的處理，而是把它構建成事件對映體。這樣，使事件在對映關係中揭示人物和事件本身的品質差異。

小說從王銘亮離開都市到明禮村作為敘述的起點，以王銘亮與陸麗麗在農會的會議廳舉行婚禮為終結，這之間歷時一年半。在這一年半中發生許多事件，對事件，隨著空間對映和人物對映體結構中心的建立，作者也採取對映手法加以處理。下面，我們就摘取幾例事件加以解讀來說明我們的觀點。

王銘亮初到明禮村，忙著安頓、報到和接受工作任務；而都市的范小蕙與許美玲、金溫平、蘇榮德在梅園飯店吃喝，接著去舞廳跳舞。前者忙碌，而後者休閒；前者為人生奮鬥，而後者尋找人生享受；前者「為多數人謀福利」尋找機會，而後者為消費尋找場所。

一次下班後，為了感謝陸麗麗對自己生活上的照顧和工作上的支持，王銘亮邀請陸麗麗到「海鮮大王」小餐館吃飯，這是文本中第一次也是唯一的一次寫他請陸麗麗

3 〔荷〕米克・巴爾，《敘述學：敘事理論導論》（第二版），譚君強譯，北京：中國社會科學出版社，二〇〇三年，頁一五七、頁一二～一三。

吃飯。整個事件充滿著友誼、感激和無瑕。而蘇榮德也請范小蕙吃飯，喝咖啡，而且不止一次，但每一次都帶著陰謀和手段，事件中顯現著征服與被征服，控制與掙扎，挑戰與防禦。蘇榮德曾對范小蕙說過：「人生下來就是為自己的需要奮鬥、掙扎。如果每樣事物，都輕易的順手可得，活著還有什麼意義！」蘇榮德的「人生哲學」決定了范小蕙和蘇榮德每一交往事件的品質。

小說中不止一次寫到王銘亮與陸麗麗獨處的事件，但自始至終沒有寫過他們在談情說愛，他們不是在探討一些問題，就是陸麗麗向王銘亮請教學習上的難題。進取成為他們的事件的主題。而蘇榮德與范小蕙獨處的次數有限，但在僅有的幾次中，占有和滿足成為他們的事件的主題。一次，蘇榮德與范小蕙在舞廳跳舞，范小蕙接受了蘇榮德的「火熱的目光」，「瞇著眼享受」著，跳舞「直到終場」。此時的范小蕙與王銘亮的婚約還在延續之中。更為突出的一次是，晚上，范小蕙與蘇榮德撇開他人在海灘上散步，在談話間，「蘇榮德突然攫住她，緊緊抱住她，她感到胸中透不過氣來，呼吸急迫而短促，她已無力避開他的嘴唇」，「她也用力的回抱著蘇榮德」。這時的范小蕙與王銘亮在感情上出現了大裂痕，她在心理上要與王銘亮分道揚鑣，但事實上，她還沒有與王銘亮解除婚約。《愛的泉源》中這一類事件的敘述，在對映下告訴讀者，王銘亮和陸麗麗的愛情是在友誼、無私、進取向上的精神交往中自然生成的；

而范小蕙和蘇榮德的婚約是占有與滿足，自私與肉體的標籤。

以上我們從主題的角度選取了三類事件對映體的事件，作為解讀的對象，由此也可以看到，作者從對映關係處理事件，使事件在最大程度上掙脫時間和空間的限制，使事件敘述有更大的靈活性和自由性。

以上也是對《愛的泉源》對映體結構形態處理技巧所作的嘗試性探討，還有更多更深層的問題有待以後研究。這一結構形態處理使敘述者有更自由更靈活的敘述空間，敘述者不必謹慎地考慮情節問題，也不必過多地考慮核心事件與派生事件關係的處理問題，它是一種「形散而神不散」的小說模式。

・本文作者李偉女士，鹽城師範學院文學院副教授，碩士，江蘇省中國現代文學研究會會員、江蘇省台港文學研究會會員、蔡文甫研究所成員。近年來在《浙江社會科學》、《當代文壇》等刊物發表學術論文十多篇，曾獲鹽城市第八次哲學社會科學優秀成果三等獎。

附錄

蔡文甫小說作品集

解凍的時候	定價：二五〇元
女生宿舍	定價：二四〇元
飄走的瓣式球	定價：二四〇元
沒有觀眾的舞台	定價：二四〇元
雨夜的月亮	定價：三二〇元
霧中雲霓	定價：二八〇元
磁石女神	定價：二八〇元
玲玲的畫像	定價：二八〇元
移愛記	定價：二六〇元
舞　會	定價：二六〇元
變調的喇叭	定價：二六〇元
愛的泉源	定價：二六〇元
成長的故事	定價：二五〇元

蔡文甫作品集 12

愛的泉源

作者	蔡文甫
發行人	蔡文甫
出版發行	九歌出版社有限公司 臺北市105八德路3段12巷57弄40號 電話／02-25776564・傳真／02-25789205 郵政劃撥／0112295-1
九歌文學網	www.chiuko.com.tw
印刷	晨捷印製股份有限公司
法律顧問	龍躍天律師・蕭雄淋律師・董安丹律師
初版	1995（民國84）年4月
增訂新版	2013（民國102）年6月

（本書曾於民國63年由華欣文化事業中心出版）

定價　**260元**

書號　0110912

ISBN　978-957-444-883-8

（缺頁、破損或裝訂錯誤，請寄回本公司更換）

國家圖書館出版品預行編目資料

愛的泉源 / 蔡文甫著. -- 增訂新版. -- 臺北市 : 九歌, 民102.06

面 ;　公分. -- (蔡文甫作品集 ; 12)

ISBN 978-957-444-883-8(精裝)

857.7　　102006960